EL ÚLTIMO PAPA
Y EL FIN DE LA IGLESIA

JORGE BLASCHKE

EL ÚLTIMO PAPA
Y EL FIN DE LA IGLESIA

EL ÚLTIMO PAPA
Y EL FIN DE LA
IGLESIA

©2005 Jorge Blaschke
©2006 Editorial Lectorum, S.A.
de C.V., bajo acuerdo con
Ediciones Robin Book S.A.
ISBN 970-732-143-1
Diseño portada: Regina Richling
Diseño interiores:Cifra
Primera edición: marzo 2006

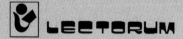

ROBIN BOOK

EDICIONES ROBIN BOOK S.L.
Industria, 11 (Pol. Ind. Buvisa)
08329 Teià (Barcelona)
e-mail: info@robinbook.com
www.robinbook.com

LECTORUM

EDITORIAL LECTORUM
Centeno 79, Col. Granjas Esmeralda
09810, México, D.F.
ventas@lectorum.com.mx
www.lectorum.com.mx

ÍNDICE

INTRODUCCIÓN   9
Sobre este libro   13

1. LA PROFECÍA DE MALAQUÍAS: EL ÚLTIMO PAPA
Y EL FIN DE LA IGLESIA   15
Malaquías, el profeta   22
Las predicciones de Malaquías   26
Profecías sobre la destrucción de Roma   28
¿Estamos ante el último papa?   31

2. LA HISTORIA SECRETA DEL PAPADO. TODOS
LOS CAMINOS LLEVAN A BENEDICTO XVI   47
Cuando los papas eran elegidos por el clero
    y el pueblo   50
El primer papa de la Iglesia estaba casado   53
La historia inconfesable   54
Vidas desenfrenadas entre el poder y las cortesanas   56
Un nuevo milenio plagado de matanzas   58
Las cruzadas, primeras matanzas en masa   60
Sadismo exacerbado contra los cátaros   64
El Sanctum Officium Sanctissime Inquisitionis   66
Piromanía eclesiástica   75
Siglo XX: la colaboración con el nazismo   83
Todo lo que no es sagrado, es secreto   86
La relación con la masonería   87
El escándalo Propaganda Due   88
La logia secreta del Vaticano   94

3. EL SIGLO XXI: LA IGLESIA CONTRA EL MUNDO   103
La crisis religiosa actual   105
La Unión Europea, su Constitución y el Vaticano   108
Una pastoral española cargada de realismo   112
La estadística de una religión en apogeo   114
Escándalos sexuales en la Iglesia: los renglones
    torcidos de Dios   117
Preservativos y clonación, la postura intransigente   122
Cuando la homosexualidad sale del armario de la sacristía   125
El regreso de las sacerdotisas: mujeres en el altar   127
Exorcismo, el regreso de Satanás   131
Galileo Galilei y el fundamentalismo moderno   134
Esos teólogos malditos   137
Hans Küng: sin miedo a los tronos de los prelados   141
La misericordia por el anatema   144
Infalibilidad del papa   145

4. LA IGLESIA FRENTE A SU DESTINO.
¿PUEDE TENER RAZÓN MALAQUÍAS?   149
Wojtyla, un papa conservador que decepcionó
    a sus bases   151
Todos los hombres de confianza del Papa   153
Memoria e identidad   155
Una política firme y una salud delicada   157
¿Quiso renunciar Juan Pablo II?   159
Las facciones que se disputan el poder de Roma   162
Jesuitas, una compañía marginada   164
El Opus Dei   166
Benedicto XVI, el nuevo papa   170
Lo que el mundo esperaba del nuevo papa   174

APÉNDICE   177

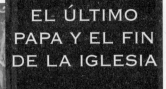

EL ÚLTIMO PAPA Y EL FIN DE LA IGLESIA

INTRODUCCIÓN

La elección de Benedicto XVI ha significado el triunfo de la línea dura de la defensa a ultranza de la fe. Es decir, con Joseph Ratzinger se activa un continuismo tal vez más conservador que el de Karol Wojtyla. Conviene recordar que el entonces cardenal Ratzinger expulsó a más de cien teólogos por haber intentado poner en práctica las aperturas del Concilio Vaticano II. En todos nosotros repercute el hecho de que el actual papa Benedicto XVI haya sido anteriormente el prefecto de la Congregación para la Doctrina de la Fe, antiguo Santo Oficio y triste herencia de la Santa Inquisición.

El nombramiento de Benedicto XVI coincide con la última divisa que el profeta Malaquías escribió, la cual vaticina el fin de Roma. Las 111 divisas de Malaquías son de increíble precisión, ya que cada una de las frases que allí se propugnan en latín ha servido para determinar a los papas que reinaron a partir del toscano Celestino II en 1143. Con De Gloria Olivae se terminan las divisas y también los papas, y se avecina, siempre según la profecía, la destrucción de Roma y la llegada de un tal Pedro Romano que reconducirá nuevamente al cristianismo.

Benedicto XVI accede al trono de Roma en los momentos más agrios de la religión cristiana, cuando, según muchos historiadores, se avecina el fin de la Iglesia católica o, al menos, el fin de esta institución tal cual la conocemos en la actualidad. El catolicismo se confronta en el siglo XXI con unos creyentes que cada día se adhieren menos a los dogmas de la fe católica o que creen en Cristo, pero que discrepan profundamente con la política de su Iglesia y, en consecuencia, hacen caso omiso a sus recomendaciones relativas a los métodos anticonceptivos, el matrimonio, la vida sexual, la eutanasia o el aborto. La juventud se encuentra cada día más alejada de la Iglesia; pese a que ésta trata de presentar mediáticamente a los jóvenes como la promesa del futuro, los jóvenes convencidos representan sólo una minoría en el conjunto del mundo. Es evidente que la práctica del catolicismo ha experimentado una gran debacle. Para confirmarlo también se puede observar la escasa asistencia a misa. Tampoco los conventos o los seminarios consiguen atraer a hombres y mujeres deseosos de tomar los hábitos. Se calcula que el número de monjas ha decrecido en 250.000 en los últimos treinta y cuatro años, mientras en el mismo lapso de tiempo los sacerdotes pasaron de 419.728 a unos 396.647. Es evidente que este deterioro se debe, entre otras causas, a la negativa por parte de la Iglesia a aceptar el sacerdocio femenino y a su obstinación por mantener vigente el celibato.

En las mismas filas de la Iglesia católica se aprecia un enfrentamiento, que sin embargo no aflora debido al miedo a las expulsiones. También es evidente que mientras la curia de cardenales es elegida entre los más conservadores, la base general está conformada por curas y teólogos más liberales y cercanos a los verdaderos problemas del pueblo.

Mientras que el papado de Karol Wojtyla se caracterizó por discriminar a órdenes como la de los jesuitas y negar protagonismo a otras como la benedictina o la carmelita, el Vaticano ha apostado esta vez por apoyar y potenciar a los más conservadores e, incluso, en casos como el Opus Dei o los Neocatecumenales, podría decirse «radicales».

Tanto Wojtyla como Ratzinger han criticado duramente determinadas tendencias modernas que se convierten en verdaderas competidoras para la creencia cristiana tradicional. Esto se hizo evidente, por ejemplo, en la crítica férrea y las amenazas que ambos dirigieron a todo aquello que rodeaba a la New Age, sin considerar que ciertamente esta tendencia estaba aportando a la gente una espiritualidad que la Iglesia de Roma no proveía.

N

Alejada del pueblo y de las necesidades de los más pobres, la Iglesia de Roma ha seguido apostando por el poder, en algunos casos un poder tan cruel como el que ostentó el chileno Augusto Pinochet durante décadas de gobierno dictatorial. La Iglesia también ha excomulgado a teólogos disidentes y, finalmente, ha elegido a un nuevo papa haciendo uso de todos los medios informativos y exhibiéndose a sí misma sobrecargada de pompa, riqueza y poder. Es evidente que, mientras millones de personas se mueren de hambre en el mundo y el sida se convierte en el jinete del Apocalipsis en África e India, ésta no era la manera más adecuada de presentarse.

Sobre este libro

Este libro no es un producto mediático más sobre la elección de Benedicto XVI sino un claro intento de conocer a una Iglesia decadente que, de cumplirse la profecía de Malaquías, pronto llegará a su fin. El lector encontrará en el capítulo primero una descripción de la pompa y riqueza del Vaticano, de sus tiendas y sus negocios. Luego podrá sumergirse en las 111 divisas de Malaquías y vislumbrar la increíble precisión de esta profecía que data del siglo XII. Al final de esta parte encontrará la última divisa, que trata sobre la destrucción de Roma.

La segunda parte es un recorrido por la abominable historia de la Iglesia católica desde Pedro hasta nuestros días, una marcha entre papas detestables, cruzadas infernales y matanzas incruentas que incluyen el genocidio producido por la terrible Inquisición. Este recuento termina en el siglo XX, una época en la cual todos estos hechos horrorosos deberían haber finalizado. Sin embargo, nos encontraremos, entre otros hechos, con la colaboración de la Iglesia con el nazismo, la relación financiera del Vaticano con la logia masónica Propaganda Due, la sospechosa

13

muerte de Juan Pablo I y la misteriosa muerte de varios guardias de la vigilancia vaticana.

En la tercera parte abordaremos la crisis actual del catolicismo. Veremos los escándalos sexuales, las reivindicaciones de las mujeres por el sacerdocio, el celibato entre los curas, las expulsiones de los teólogos liberales, las propias incongruencias del Vaticano en cuanto a infalibilidad y elección papal. Luego nos acercaremos al último papa, un hombre conservador que ha abierto las puertas al Opus Dei y a otros grupos fundamentalistas mientras las cerraba a los jesuitas.

La cuarta y última parte se refiere a Benedicto XVI, el nuevo papa, que comienza con los últimos momentos de Wojtyla y la terrible utilización de un hombre agonizante de un modo propagandista e incruento. Se habla del cónclave, de la incongruencia de esta forma de elección gerontológica, de las luchas internas y la elección de Ratzinger con un significado continuista y conservador. Seguidamente se examina la relación de Benedicto XVI con la última divisa de Malaquías, arribando a unas conclusiones preocupantes, ya que la situación actual parece evocar lo más terrible de la profecía. El libro termina con una reflexión sobre lo que el mundo hubiera esperado de el nuevo pontífice.

EL ÚLTIMO PAPA Y EL FIN DE LA IGLESIA

CAPÍTULO 1

LA PROFECÍA DE MALAQUÍAS: EL ÚLTIMO PAPA Y EL FIN DE LA IGLESIA

Durante su reinado [el de Petrus Romanus],
será destruida la ciudad de las siete colinas de Roma...
Y el Juez terrible juzgará al pueblo.

MALAQUÍAS

El papado no es más que el fantasma
del difunto Imperio romano, sentado
con su corona encima de la tumba de éste.

THOMAS HOBBES, *Leviatán*

Ciento quince cardenales, todos ellos menores de ochenta años, atravesaron la puerta de la Capilla Sixtina para entrar en el cónclave. Era el decimoquinto día después de la muerte del Santo Padre. En la mente de los cardenales que iban a elegir al próximo papa obraba la gran responsabilidad histórica de la elección que debían efectuar, pero también la inquietud, ya que eran conscientes de que, según la profecía de Malaquías, éste sería el último papa de la Iglesia católica y que tras él un tal Pedro Romano será aclamado, es decir, elegido fuera del sínodo de cardenales.

Las seis pesadas campanas de San Pedro han repicado desde hace trescientos años anunciando la muerte del papa. En la actualidad, la elección de un nuevo Padre Santo en el estado del Vaticano es seguida de cerca por los ojos de millones de personas en todo el mundo. Las 44 hectáreas y los 700 habitantes del Santo Estado son los protagonistas de un acontecimiento central para la Iglesia cristiana y de interés para otras religiones. Todo el mundo está pendiente del Vaticano («la Embajada de Dios», «el Reino de Cristo en la Tierra» y «la Ciudad Eterna» son algunos de los apelativos que usaron los medios de comunicación para referirse al Vaticano).

El Vaticano es un pequeño estado que rebosa una riqueza que se contradice con el mensaje de pobreza que ofreció Jesús. La opulencia del Vaticano se manifiesta en su pompa, en sus obras de arte, en la venta de souvenirs, en los coches lujosos de la gente de la curia y en un largo etcétera. El Vaticano se asemeja en ocasiones a una gran máquina de generar dinero, aunque por supuesto que esto se hace discretamente. La muerte del papa Juan Pablo II, que se vivió de un modo preeminentemente mediático, ha significado importantes ingresos económicos para el Vaticano también a través de la venta de postales, recuerdos y especialmente sellos de correo con la imagen de Wojtyla, atesorados por coleccionistas de todo el mundo (los filatelistas saben que el sello que hoy compran a un euro valdrá veinte veces más dentro de unos días).

Este pequeño estado, en cuyos jardines se respira quietud y reposo, tiene un periódico propio *(L'Observatore Romano),* guardias que controlan el tráfico, 55 cardenales que viven en su interior, una gasolinera con combustible un 30 % más barato que en la vecina Italia, boutiques, farmacias, museos, una emisora de radio y una estación de ferrocarril subterránea.

El visitante observa casi con perplejidad a los guardias suizos, a los alabarderos con lanza y a los zuavos con uniformes de un azul, naranja y rojo intenso que, según se dice, fueron diseñados por Miguel Ángel. Cada guardia lleva una espada o una pica medieval como única arma visible, su cabeza está cubierta por un casco de acero y gorgueras almidonadas. Indudablemente todos ellos son hijos de familias católicas. Son en total 91 guardias y 39 laicos. Su cuartel está situado frente a la iglesia parroquial del papa, Santa Anna dei Palafrenieri, construida en 1573.

Pero, curiosamente, también existe interés por visitar el supermercado L'Annona, donde no faltan los mejores whiskies, champañas, habanos, coñacs y perfumes de las más grandes casas de moda internacionales, todo a los mejores precios de *free-shop.* Si el visitante no dispone de dinero aún puede pasear por el IOR, el Instituto per le Opere di Religione.

El Vaticano se convirtió en la residencia de los pontífices, al ser el lugar donde san Pedro, considerado como el primer papa, fue enterrado.

En el interior, uno de los lugares más impresionantes es, sin duda, la Cúpula de San Pedro; los romanos la llaman Cupolone y su diseño fue realizado por Miguel Ángel. Si el visitante tiene una amistad en la Ciudad Santa podrá recorrer el cementerio, en donde sólo son enterrados los papas, o la biblioteca con su estructura metálica a prueba de incendios.

Afuera se encuentra la Plaza de San Pedro, en donde miles de personas se ubican durante un cónclave para seguir día a día la fumata que indica si se ha elegido al nuevo papa o si es necesaria otra votación. En medio de la plaza más visitada del mundo se encuentra un obelisco de 23 metros de altura. Este obelisco fue llevado a Roma por orden del emperador Calígula; para emplazarlo hicieron falta 90 hombres y 400 caballos y se dice que Nerón lo iluminaba utilizando hombres a modo de antorcha. A sus pies fueron crucificados muchos cristianos; incluso Pedro, en el año 64 d. C., que fue estacado en la cruz boca abajo.

Más arriba, los rayos del sol se asoman por sobre el Tíber e iluminan la cruz que corona la basílica.

Los cardenales han celebrado una misa anterior al cónclave. Los cónclaves fueron creados en el siglo XII, cuando los cardenales estaban tan desunidos que tenían continuos enfrentamientos

San Pedro pidió ser crucificado boca abajo, puesto que consideraba no merecer padecer el mismo calvario que su maestro (Caravaggio, *La crucifixión de san Pedro*).

entre sí, especialmente a la hora de decidir quién sería el próximo papa, cuando primaban innumerables intereses particulares y consignas de los estados que cada uno representaba. A pesar de las pugnas constantes, los cardenales lograron reunirse en Perugia para elegir al sucesor de Inocencio III, quien había muerto en 1216. Las autoridades locales cerraron las puertas con llave desde fuera y los cardenales se vieron obligados a ponerse de acuerdo y elegir un papa, si es que deseaban salir de allí algún día. Hubo papa, fue Honorio III.

Hoy en día, después de la misa los cardenales salen de la sala Ducal y pasan a la capilla Paulina, siguiendo al maestro de ceremonias, que va precedido del Camarlengo. Los cardenales van por parejas, todos ataviados con sotana, capa y birrete escarlatas. Son los príncipes de la Iglesia, hombres de gran sabiduría que en su gran mayoría han hecho varias carreras universitarias. Los hay que destacan por su devoción sibarita y estilo de vida noble, también los hay conservadores o liberales, que provienen de palacios o de ascendencia modesta, que regentan catedrales o que conducen humildes iglesias en países del Tercer Mundo.

Los príncipes de la Iglesia atraviesan la sala Ducal (una de las instancias más bellas del Vaticano) de dos en dos y ataviados de púrpura.

Todos ingresan en la Capilla Sixtina, donde se escucha el canto del himno «Veni, Creator Spiritus». La capilla está esplendorosamente iluminada; es y ha sido, en los últimos cien años, el marco de las elecciones papales. Su suelo ha sido cubierto por una alfombra de color marrón claro. Ante el altar hay una mesa revestida de púrpura, junto a la cual se encuentran las mesas y sillas para los encargados del escrutinio.

Detrás del altar cuelga un tapiz que representa el primer Pentecostés y en el techo está el Juicio Final pintado por Miguel Ángel. Los cardenales se sitúan en sus asientos. Una voz ordena: «Extra omnes» y salen los miembros del coro, monaguillos, invitados y periodistas. Las talladas puertas de madera de la Capilla Sixtina se cierran: el cónclave ha comenzado.

MALAQUÍAS, EL PROFETA

La profecía de Malaquías anuncia que el último papa adoptará el nombre de Pedro y que después de su reinado vendrá el fin del mundo. Este obispo predijo en su profecía la identidad de 98 papas desde el reinado de Celestino II, que comenzó en 1143. Para cada papa, Malaquías determinó con acierto su divisa, o sea, el lema que caracterizaría a cada regencia. De modo que Pío XII (1939-1958) tuvo como lema Pastor Angélicus; Juan XXIII (1958-1963), Pastor y Nauta; Pablo VI (1963-1978), Flos Florum; Juan Pablo I (26 de agosto al 28 de septiembre de 1978), De Mediatate Lunae; Juan Pablo II (1978-2005), De Labore Solis, y el nuevo papa, Benedicto XVI, tiene como divisa De Gloria Olivae. Después de él vendrá Petrus Romanus.

Malaquías nació en 1094, se ordenó sacerdote en 1120 y fue nombrado obispo en el 1124, a la edad de treinta años. Se le confió la diócesis de Armagh, en el Ulster, Irlanda, un país que había sido cristianizada en el siglo v por san Patricio.

El verdadero nombre de Malaquías O´Mongoir era Mael Maedic Ua Morgair. Fue educado por una madre piadosa y desde pequeño era admirado por sus dotes para el estudio. A los doce años se fue con un ermitaño llamado Ismar, quien le enseñó técnicas de meditación y mortificación. Junto a este ermitaño se creó una pequeña comunidad que perduró algún tiempo. La vida espiritual que Malaquías llevó durante su adolescencia llegó a oídos de Celso, obispo de Armagh, quien lo hizo venir junto a él y propuso su nombramiento como diácono. Malaquías aceptó y empezó asistiendo al obispo en su ministerio. Malaquías destacó por su dedicación para atender a pobres, enfermos y presos, haciendo en ocasiones la labor de sepulturero. En 1120 fue ordenado sacerdote y durante dos años recorrió Irlanda. En Lismore, provincia de Munster, recibió nuevas enseñanzas del obispo de Malch, que había sido rector del monasterio de Winchester, en Inglaterra, y que le transmitió una cultura enciclopédica. Más tarde Malaquías viajó a Bangor, donde se instaló en un monasterio destruido por los piratas daneses. Allí fue nombrado abad. Fueron unos «milagros» los que le hicieron popular y aceleraron su nombramiento como obispo de Connerth en 1125.

Obligado a huir a causa de las guerras, se instaló en Ibrack y construyó allí un monasterio con la ayuda de unos monjes que le acompañaron desde Connerth. Luego tomó posesión de la sede episcopal de Armagh, tras un extraño incidente en el que un rayo abatió a un comandante que le quería detener. Durante este periodo de tiempo aún regresó a Connerth y llegó a vivir en Down.

Una extraña relación con san Bernardo

Más tarde, con el fin de obtener la insignia arzobispal se encaminó hacia Roma. En su viaje fue proclamado «gran profeta» por un sacerdote de York llamado Sicard y durante una estancia de varios días en Clairvaux hizo amistad con san Bernardo. Se cree que fue en la abadía de Clairvaux donde Malaquías escribió «La profecía de los papas», aunque también es cierto que para ello esta estancia allí fue demasiado breve. En 1139 Malaquías abandonó Clairvaux para dirigirse a Roma, en donde Inocencio II le acogió con los abrazos abiertos y reconoció su santidad. Después regresó a Armagh y más tarde viajó de nuevo a Clairvaux. Entonces permaneció allí un periodo de tiempo mayor, durante el cual es más probable que pudiera escribir sus profecías, aunque la mayor parte de los estudiosos se inclinan a pensar que fue en su primera estancia en Clairvaux cuando redactó el célebre libro. En 1148 enfermó, y murió el 2 de noviembre de ese año.

Cabe destacar que la amistad con san Bernardo pudo ser muy beneficiosa para Malaquías, ya que san Bernardo era un hombre muy especial que incluso tuvo visiones. San Bernardo es el santo olvidado del cristianismo, escritor de libros de contenido iniciático, sufí y transpersonal. Tuvo una gran relación con la creación de la Orden del Temple y sus ritos iniciáticos, con la caída de los cátaros y el misterio del Grial o tesoro de los cátaros y con la enseñanza sufí que llegó a Europa a través de los templarios y su relación con grupos sufíes en Jerusalén y Siria.

Bernardo nació en 1091 y murió en 1153. Hijo de Tiscelin, señor de Fontaines, y Aleth, hija del conde Bernard de Montbar, pasó su infancia en Château de Fontaines en Bourgogne y se crió con austeridad cristiana. De pequeño se vio postrado por una enfermedad, durante ese periodo tuvo sus primeras apariciones. Su madre murió después de anunciar su propia muerte cuando él tenía diecinueve años, san Bernardo explicará más tarde que su madre se le aparece con frecuencia.

De las reuniones que realizaba Bernardo surgieron los discípulos de Châtillon. Bernardo se convirtió en una especie de padre espiritual con muchos seguidores. En 1113, junto a 30 de sus seguidores, se unió a la comunidad de Citeaux en los bosques de Beaume, una orden que trabajaba en desarrollar los sentidos

Giuseppe Passeri
(1654-1714).
*San Bernardo
entrando en
el monasterio de
Cîteaux*, Musée
des Beaux-Arts
de Dijon.

divinos a través de una gran austeridad. Desde 1116 hasta 1118 estuvo en estado crítico debido a una enfermedad. Por entonces tuvo fiebre y vio visiones, dijo que se le aparecía la Virgen María. Más adelante fue comendado por el papa Honorio para redactar las reglas de los Caballeros del Temple (los templarios), a cuyo frente estaba Hugues de Paganis. Finalmente los templarios le prometieron obediencia. Su relación con ellos se transcribe en parte de sus obras. También fue uno de los responsables de la cruzada contra los cátaros.

De sus libros se recogen fragmentos cargados de espiritualidad como: «De las cosas bajas subo a las altas y de las exteriores a las interiores, y de las interiores a las más íntimas, para que así conozcan quién soy, de dónde vengo y a dónde voy, qué principios tengo, para que por el conocimiento de mí mismo, venga el conocimiento de Dios / a partir del momento en el que hay una consciencia que existe, y una consciencia que tiene consciencia de no ser su propia fuente de existencia, es necesario buscar esta fuente / Dios es: longitud, anchura, altura y profundidad».

Es posible que la relación de Malaquías con san Bernardo tuviera algo que ver con las célebres profecías de los papas. Pero esto es tan sólo una simple suposición.

LAS PREDICCIONES DE MALAQUÍAS

Algunos estudiosos sostienen que las predicciones de Malaquías fueron escritas durante su visita a Roma. Dicen que fue allí donde escribió aquellas visiones que perfilan a los papas de los siglos por venir. En sus profecías, las anotaciones breves indican el lugar de nacimiento de un papa, mientras que también se describe el escudo de armas de su familia y los cargos que desempeñó antes de su elección. En ocasiones, el autor emplea ingeniosos juegos de palabras e, incluso, chistes y retruécanos. Lo cierto es que las profecías de Malaquías son notablemente exactas. Algunas predicciones contienen ciertos irónicos virajes, aunque a la vez precisan con gran exactitud el nombre de cada papa. Así, Pío III, que reinó durante sólo veintiséis días en 1503, está descrito en el libro de Malaquías como De Parvo Homine (De un hombre pequeño) y, curiosamente, su apellido era Piccolomini, que en italiano significa «hombre pequeño».

Mientras para algunos Malaquías es un verdadero profeta, otros investigadores desestiman cualquier relación del obispo con las profecías y califican a estos escritos de falsificación realizada en el siglo XVI. A lo cual cabe objetar que las predicciones y aciertos no disminuyen después del siglo XVI. Por ejemplo, Benedicto XV recibió el apelativo de Religio Depopulata (Religión devastada) y, precisamente, fue el papa que gobernó durante la Primera Guerra Mundial que arrasara con las poblaciones religiosas de varios países europeos. Juan XXIII es otro notable ejemplo: denominado Pastor y Nauta (Pastor marinero), fue, efectivamente, un gran pastor y había sido antes patriarca de Venecia, ciudad marinera por excelencia. Y aún más: Juan XXIII eligió como símbolo para el Concilio Vaticano II una cruz y un barco; su sucesor, Pablo VI, cuyo lema era Flos Florum (Flor de flores), tenía un escudo de armas con tres flores de lis. ¿Casualidades?

A Juan XXIII, anteriormente obispo de Venecia, le correspondió el lema Pastor y Nauta.

La divisa de Benedicto XVI es De Gloria Olivae. Posiblemente hace referencia a Israel, cuyo símbolo es el olivo, o al Monte de los Olivos o Getsemaní. Recordemos que el Monte de los Olivos está separado de Jerusalén por el valle Josafat y el torrente de Cederrón y que al pie del monte está el Huerto de los Olivos, en donde los soldados romanos prendieron a Jesús, según describe el Nuevo Testamento. También es posible que la divisa del nuevo papa haga referencia a Valencia o Córdoba, ciudades en las que abundan los olivos, o a Etiopía, en donde se denominan «etiópicos» a los olivos silvestres y en donde supuestamente se esconde el Arca de la Alianza. ¿Tiene que ver De Gloria Olivae con que el nuevo papa visitará Jerusalén o que se revelará la ubicación exacta del Arca de la Alianza en Etiopía? Aún no podemos saberlo, pero el reinado que ahora comienza nos revelará la verdad. ¿Será Benedicto XVI el último papa? En realidad parece que la última divisa es De Gloria Olivae, ya que el sucesor de este Papa es quien recibe el nombre concreto de Petrus Romanus.

PROFECÍAS SOBRE LA DESTRUCCIÓN DE ROMA

Malaquías es aún más preciso, ya que destaca claramente que «durante su reinado —el de Petrus Romanus—, será destruida la ciudad de las siete colinas de Roma». Su profecía termina con la siguiente frase: «Y el Juez terrible juzgará al pueblo». ¿Está presagiando aquí un ataque terrorista? ¿Se trata de una advertencia sobre la venganza de unos fundamentalistas que han visto cómo Occidente ha destruido y profanado sus mezquitas en Irak y Afganistán?

La Iglesia repudia esta profecía. Sin embargo, otro hecho inquietante parece reafirmarla. Se trata de una visión mística similar que tuvo en 1909 el papa Pío X, quien al cerrar sus ojos vio una aparición aterradora y premonitoria: «El Papa abandonará Roma —describió después—, y al abandonar el Vaticano tendrá que caminar sobre los cadáveres de sus sacerdotes». También Juan XXIII realizó unas profecías que refieren un dramático suceso en Roma o el Vaticano, un relato de difícil interpretación que reproducimos a continuación:

Has vuelto de la montaña, Abraham, trayendo ileso a tu hijo.

La montaña de Italia no desea más sangre de sus preferidos. Ésta es la tercera Italia.

Los papeles aparecieron hace tiempo, la mujer murió y los nombres fueron revelados. Ha sido necesario que muriesen dos Italias para limpiar el pasado. Y las cenizas no han parecido suficientes.

Todos confesaron, excepto quien se suicidó y quien fue muerto. Mas los asesinos fueron apresados uno a uno.

Abraham está en esta tierra en la que el sol se oscureció hace mucho, en la que el Padre de la Madre caminó pisando sangre por las calles de Roma, el primer día.

Hoy Roma ya no lleva este nombre.

Es un recuerdo, y sus palacios están en el norte. Aquí quedan ruinas, ruinas de cosas y de hombres.

Abraham es hijo y padre de Europa y sus hermanos están aquí.

Siete caudillos asesinados en las siete colinas, antes de la tercera Italia, última rebelde de Europa, unida a las banderas rojas por Severo.

Un juramento secreto en el Janículo, una conjura y luego el viento de la libertad. Hermanos entre hermanos.

Alguien llora y reza en la casita de Loreto.

El mundo le escucha cada noche.

El libro de Malaquías fue publicado por primera vez por un monje benedictino en el año 1595. Al parecer, el documento se guardó en Clairvaux, en los archivos del monasterio. Según otros investigadores, Inocencio II pudo haberlo guardado en la Biblioteca del Vaticano y haberlo confiado a san Bernardo. La realidad es que en 1595, el benedictino Arnold de Wyon publicó *Lignum vitae ornamentum et decus Ecclesiae* (*El madero de la vida ornamento y gloria de la Iglesia*), que incluye «La profecía de los papas». Arnold de Wyon era un estudioso de documentos antiguos que se sorprendió ante las concordancias entre las divisas de la profecía y la precisión en los diferentes aspectos allí descritos sobre los pontífices, tales como el nombre de su familia, el blasón correspondiente y el lugar de nacimiento.

Indudablemente «La profecía de los papas» ha tenido sus detractores, como el jesuita Claude-François Ménestrier, que en 1694 lo atacó en su libro *La philosophie des images énigmátiques*. De forma más moderada, Jean Chélini objetó el libro en 1978, aunque también manifestó su sorpresa ante la exactitud de las divisas y sus concordancias.

Nostradamus también se refirió a la destrucción de Roma en sus profecías, con las siguientes palabras:

Muy cerca del Tíber (Roma) amenazarán los libios. Poco antes habrá una gran inundación.

El jefe sagrado (Papa) será capturado y hecho prisionero, en llamas en el castillo (Santángelo) y el palacio (Vaticano).

En los lugares incendiados, huirán a causa de la enfermedad, el tiempo será caprichoso y el viento traerá la muerte a tres dirigentes.

Del cielo caerán relámpagos, que devorarán las tierras de los tonsurados (los cardenales, el Vaticano).

Casi muerto el Grande (el Papa), su sucesor apenas gobernará.

Caerá fuego del cielo y la ciudad arderá hasta casi consumirse.

Al mismo tiempo habrá una tremenda inundación.

Cerdeña será vejada por la flota norteafricana y en la Iglesia quedará vacante el asiento del poder.

¿Estamos ante el último papa?

La profecía de Malaquías nos mueve a preguntarnos: ¿será Benedicto XVI el último papa?, ¿habrá otro papa aclamado fuera del cónclave?, ¿nos encontramos ante una inminente destrucción de Roma o el Vaticano?...

Para responder a estas preguntas es necesario regresar a la profecía de Malaquías y observar de cerca algunos aspectos de su contenido.

Como ya hemos explicado, el monje benedictino Arnold de Wyon editó las profecías de Malaquías en 1595. En su libro, Wyon sostiene: «Escribo algunos opúsculos. Hasta hoy, no he tenido la oportunidad de ver ninguno, excepto una profecía relativa a los soberanos pontífices. Como es muy breve, y que yo sepa no ha sido impresa todavía, y dado que a muchos les complacerá conocerla, paso a copiar aquí su texto». A continuación siguen 111 pe-

El palacio de Aviñón cobijó a los papas desde 1309 hasta 1377.

queños párrafos o divisas que se refieren a cada uno de los santos pontífices a partir de Celestino II (1143-1144) y hasta el anuncio del Juicio Final y el fin del mundo bajo el pontificado de un tal Pedro el Romano, el 112 papa después de Celestino II. Juan Pablo II es el 110 de la lista de Malaquías si se da por falsa la historia de la papisa Juana; en caso contrario, Juan Pablo II sería el 111 de la lista y detrás de él tendríamos a Pedro el Romano, el último papa. Algo similar ocurre si se contase como pontífice a Clemente, el antipapa del Palmar de Troya, Sevilla, que se autodesignó pontífice con el emblema De Gloria Olivae. Cabe destacar que Malaquías daba número y lema a los papas y antipapas de Aviñón.

DE LA PAPISA JUANA AL PALMAR DE TROYA

Veamos brevemente los dos casos referidos, el de la papisa Juana y el de Clemente del Palmar de Troya, ya que podrían modificar el número en los emblemas.

Inicialmente el de la supuesta papisa Juana no parece afectar a la lista, ya que se trata de un suceso que acaeció mucho antes de Celestino II. La historia de la papisa Juana transcurre entre los años 853 y 858, fechas en que la Iglesia mantiene que estuvo en el trono León IV, a quien otros historiadores dan por muerto en el año 853. Al parecer, la joven Juana se enamoró de un monje de su edad recluido en un convento. Conducida por su gran amor, Juana se disfrazó de monje y logró entrar en el convento para compartir la vida con su amado. Sin embargo, muy pronto el joven monje murió y Juana, sin perder los hábitos, se trasladó a Roma, en donde llegó a ser nombrada papa, creyendo todos que se trataba de un hombre. La papisa Juana consagró curas, ordenó obispos y tuvo amores con un cardenal de quien, presumiblemente, quedó embarazada. Ocultó su embarazo como pudo, pero un día, en el transcurso de una procesión en la que participaba, se desmayó y,

La papisa Juana consagró sacerdotes y ordenó obispos antes de que descubrieran que era una mujer.

ante el asombro de todos los presentes, dio a luz. Su hijo fue ahogado por los curas que la rodeaban y ella murió en el año 855, tras haber gobernado la Iglesia durante dos años. A partir de entonces la Iglesia instauró el denominado «toque», que se practicaba a través de un sillón para comprobar si el candidato a papa era un hombre. Sin duda, ésta es una historia de dudosa veracidad y que difícilmente pueda ser cotejada.

La historia de Gregorio XVII, el antipapa del Palmar de Troya, comenzó el 30 de marzo de 1968. Gregorio XVII era conocido en Sevilla como Clemente Domínguez, y allí todos sabían que había levantado una basílica faraónica con doce torres y que a su alrededor se movía la Orden de los Carmelitas de la Santa Faz, que poseía colegios cardenalicios y obispos por todo el mundo, especialmente en Irlanda y Sudamérica. Clemente Domínguez fue ordenado sacerdote por el arzobispo vietnamita Pedro Martín Ngo-Dinh-Thuc. El antipapa Gregorio XVII no sólo ordenó obispos y cardenales, sino que también canonizó santos como don Pelayo, el Cid, José Antonio Primo de Rivera, Carrero Blanco y Francisco Franco. Detrás de todos estos nombramientos se veía la larga mano de Lefebvre y sus posturas radicales y conservadoras.

Según relató Clemente Domínguez, la Virgen se apareció en un lentisco próximo a la aldea del Palmar de Troya, junto al pueblo sevillano de Utrera, a tres niñas de las que más tarde no se supo nada. A diferencia del caso de Fátima, que siguió con la ordenación de las niñas como monjas, las tres niñas del Palmar de Troya llevaron una vida normal, se casaron y se fueron de aquel pueblo para nunca regresar. Tampoco dejaron ningún mensaje escrito, pero a Clemente Domínguez no le hacía falta ningún mensaje al ser él mismo un «vidente». Clemente Domínguez padeció un sorprendente accidente de coche en la autopista Bilbao-Behovia, en el que sus acompañantes quedaron «milagrosamente» indemnes mientras que él perdió la visión. La ceguera, como puede suponerse, no le afectó en sus dotes de clarividencia, de modo que continuó advirtiendo al mundo a través de sus encíclicas sobre una próxima extensión del poder amarillo procedente de China, el peligro de una Alemania unificada en un IV Reich y sobre la reconstrucción de la Unión Soviética.

Clemente Domínguez murió el 22 de marzo de 2005 y su historia ha quedado, por ahora, prácticamente en el olvido. Sinceramente, creo que su acción debe recordarse como un hecho anecdótico, una rebelión religiosa sin importancia histórica. A pesar de que arrastró a algunos ingenuos tras de sí hasta el último momento de su vida, tampoco se lo puede considerar un verdadero antipapa.

CIENTO ONCE DIVISAS O LEMAS DE INCREÍBLE PRECISIÓN

Prescindiendo de estos dos casos, tenemos a Juan Pablo II como el papa número 110 de la lista de Malaquías y a Benedicto XVI como el número 111; detrás de este último sólo hay un nombramiento más, el de Pedro el Romano, que según la profecía ya no se realizará en el cónclave del Vaticano.

Los lemas que describe Malaquías son bastante acertados. Aunque ya hemos hablado de ellos en el capítulo primero, veamos unos ejemplos más.

Al primer papa, Celestino II, le corresponde el lema Ex Castro Tiberis (De un castillo de Tíber) y, efectivamente, este papa nació en la Ciudad de Castillo, sobre el río Tíber.

Al segundo papa, Lucio II, le corresponde el lema Inimicus Expulsus (Expulsar al enemigo). Casualmente, el nombre familiar de este papa era Caccianemici, que significa «expulsador de enemigos».

A Adriano IV pertenece el lema De Ruro Albo (De una blanca campiña), y, efectivamente, este papa procedía del medio rural y entró en el monasterio de Sant-Ruf, donde tomó los hábitos blancos.

Al antipapa Calixto III le corresponde el lema De Pannonia Tusciae (De Hungría a la Toscana). Calixto nació en Hungría y el papa que se vio enfrentado a él había nacido en Toscana.

El lema número 12 corresponde a Gregorio VIII y reza Ensis Laurentii (La espada de Lorenzo). Gregorio fue cardenal con el título de San Lorenzo y en su escudo de armas familiar se apreciaban dos espadas.

A Clemente III le atañe el lema De Scholia exiet (Procedente de Schola) y su nombre era Paolo Scolari.

Inocencio III, con el lema Comes Signatus (Conde de Segni), se llamaba Giovanni Lotario di Segni. Un caso parecido es el de Alejandro IV, «Signum Ostiensi», que pertenecía a la familia Segni.

El lema del papa número 35 tras la profecía fue De Suttore Osseo (Del remendón de Ossa). El papa Juan XII (1316-1324) era hijo de un zapatero remendón nacido en Ossa.

A Nicolás V le tocó el lema Corvus Schismaticus (Cuervo cismático). Nicolás V fue un antipapa y, por tanto, cismático, pero además era de Corberie, cuyo equivalente en francés es «corbière» que significa lugar de cuervos.

Benedicto XII con el lema Abbas Frigidus (El abad frío) fue nombrado abad de Font-froide en Narbona.

Benedicto XIII, antipapa, tenía el lema Luna Cosmedina (La Luna de Cosmedias). Se llamaba Pedro Luna y había nacido en Caspe.

La precisión de los lemas de Malaquías es, en ocasiones, de una gran perfección. Así con Clemente VIII, antipapa, tenemos el lema Schisma Barcinonum (El cisma de Barcelona). Clemente VIII había nacido en Barcelona y produce un cisma en la Iglesia.

Al igual que en el caso anterior, la divisa que correspondió a Urbano VI, De inferno Praegnanti (El infierno de Pregnani), parece aludir directamente a este papa cuyo nombre era Bartolomé Prignano y que había nacido en un barrio de Nápoles llamado Infierno.

Con Alejandro VI la precisión se cumple nuevamente. Su lema fue Bos Albanus In Portu (El buey de Albano en Oporto) y, precisamente, él había sido primero obispo de Oporto y más adelante de Albano.

Pío V nació en Bosco y a él le corresponde el lema Ángelus Nemrosus (El ángel del Bosco o bosque).

El Palmar de Troya albergó a Gregorio XVII, que se autoproclamó papa con el lema De Gloria Olivae.

A Inocencio X le atañe el lema Jucunditas Crucis (La exaltación de la cruz), y su nombramiento como pontífice se realizó el 14 de septiembre de 1644, el día de la Exaltación de la Santa Cruz.

El lema de Vicenzo Gioacchino Pecci, León XIII, el papa 102, era Lumen in Caelo (Luz en el cielo). Durante su reinado, el 4 de agosto de 1889, apareció en el cielo el cometa Brooks, acompañado de cuatro núcleos secundarios, un fenómeno poco habitual.

Pío X, Giuseppe Melchior Sarto, papa número 103, tuvo como lema Ignis Ardens (Fuego abrasador). El 1 de agosto de 1914 Alemania declaró la guerra a Rusia y dos días después, a Francia. El fuego abrasador de la guerra arrasó toda Europa.

A Benedicto XV, Giacomo della Chiesa, le tocó el lema Religio de Populata (Religión despoblada). Durante su pontificado vio cómo la Guerra Mundial mataba a tres millones y medio de personas, mientras quince millones morían por la gripe y la Revolución Rusa se hacía con la vida de otros tantos millones de seres humanos.

En otros papas la referencia se encuentra a través del escudo de armas familiar (recordemos que muchos provenían de la nobleza), y en otros hay que profundizar en su historia para ver que los acontecimientos en su vida siempre conducen a una relación con el lema. Conviene advertir también que Malaquías redacta los lemas en una época en la que el mundo es distinto, al igual que los valores y su sentido, y se da importancia a determinados hechos que hoy en día parecen banales pero que coinciden con la realidad histórica.

LAS DIVISAS DE LOS ÚLTIMOS PAPAS

De una forma más o menos concreta, los lemas se han ido cumpliendo.

Entre los últimos papas se encuentra Pío XII, el número 106, cuyo lema correspondiente es Pastor Angelicus y cuyo escudo familiar era un ángel. A Juan XXIII, papa número 107, perteneció el lema Pastor y Nauta. Él había nacido en Venecia, ciudad entre aguas, y su lema preferido era «el buen pastor». Pero, además, durante su pontificado se produjo uno de los mayores acontecimientos de la ciencia: el hombre viajó por primera vez al espacio. El 12 de abril de 1961, Yuri Gagarín se convirtió en el primer cosmonauta. Observemos que las palabras que designan a los viajeros del espacio, ya sea cosmonauta o astronauta, incluyen el término nauta de la divisa de Juan XXIII.

A Pablo VI, el papa número 108, le correspondió el lema Flos Florem, y en su escudo de armas tenía un lirio, la flor de flores. A Juan Pablo I, el papa 109, le incumbió el lema Demediate Lunae: fue elegido en un día de media Luna y falleció en la siguiente media Luna.

Juan Pablo II sería el último papa según Garabandal; pero Malaquías describe otros dos papas posteriores. A Juan Pablo II, el papa 110, perteneció el lema De Labore Solis. Esta divisa encuentra varias relaciones con la vida de Karol Wojtyla. En un sentido puede hacer referencia a la obra de un gran hombre, la

*Inocencio III
entrega el anillo
de mando a
Hermann von Salza
(Carl Wilhelm
Kolbe, 1781-1853,
Palacio Nacional,
Berlín).*

obra que realizó durante su largo reinado. Según una segunda interpretación, podría referirse al sufrimiento del gran hombre; no cabe duda que desde el atentado que sufrió, la vida de Karol Wojtyla ha sido un continuo sufrimiento debido a sucesivas enfermedades. Recordemos que la palabra «labor», no sólo significa trabajo u obra, sino también sufrimiento. En cuanto a la palabra «solis», se le ha querido dar muchos sentidos y relacionarla incluso con la monarquía española y los descendientes del «Rey Sol». Sin embargo, como hecho que destaca de su papado, está el viaje que realizó al Japón en febrero de 1982, insólito porque ningún otro papa había viajado al país del Sol Naciente. En otras profecías, como las de Nostradamus en *Nostradamus: historien et prophète*,[1] se puede apreciar cómo el profeta, en varias cuartetas, utiliza el sol para designar a los Borbones como al papa Juan Pablo II. Para este último, Nostradamus compuso unas palabras cuyo sentido coinciden exactamente con el de la divisa De Labore Solis. Se trata de la palabra «mansol», apócope de las palabras latinas «manus», que significa trabajo, y sol. Así, en las cuartetas[2] de Nostradamus, «Manus Solis» (mansol), equivale a «Labor Solis», el trabajo del sol.

De Gloria Olivae

Estamos ante la 111 divisa, La Gloria del Olivo, de la que ya hemos hablado anteriormente y que puede tener diferentes interpretaciones.

La divisa que atañe al actual papa Benedicto XVI podría hacer alusión a Israel, cuyo símbolo es el olivo, o al Monte de los Olivos o Getsemaní. Recordemos que el Monte de los Olivos está separado de Jerusalén por el valle Josafat y el torrente de Cederrón, y al pie del monte se encuentra el Huerto de los Olivos, en donde los soldados romanos prendieron a Jesús, según relata el Nuevo Testamento. También puede hacer referencia a Valencia o a Córdoba, en donde abundan los olivos, o a Etiopía, en donde se llaman «etiópicos» a los olivos silvestres y donde, según algunas versiones, podría esconderse el Arca de la Alianza.

---

1. De Jean-Charles de Fontbrune, Editions du Rocher, 1980.
2. Centuria V, cuarteta 57, y Centuria X, cuarteta 29, ortografiada «manseole» en la cuarteta 85 de la Centuria IX y «mansol» en la cuarteta 34 de la Centuria VII.

Los filisteos capturan el Arca (iluminación perteneciente a un códice medieval, propiedad de la Biblioteca Nacional de Londres).

Recordemos que el Arca de la Alianza acompañó a los hebreos en sus migraciones por el desierto; su construcción ocupa un papel importante en el Antiguo Testamento. El arca cruzó el lecho seco del Jordán, fue transportada alrededor de las murallas de Jericó, fue capturada en el santuario de Silo y devuelta por los filisteos siete meses después; David la transportó a Jerusalén, fue depositada en el Templo de Salomón y a partir de allí desaparece toda referencia a ella y resulta imposible seguir sus pasos. ¿Fue robada del Templo de Salomón por sus invasores o destructores? ¿Permaneció oculta bajo el templo en algún lugar aún hoy sin descubrir? ¿Quedó en manos del rey Manases? ¿O conviene dar crédito a la versión de que Jeremías en el año 587 la escondió en una cueva del monte Nebó?

41

Sobre este objeto y el lugar en donde se oculta se han vertido ríos de tinta, hay versiones que sostienen que los templarios la descubrieron en el Templo de Salomón y la transportaron a Europa, seguramente a Rene-le-Château, en Francia. Otras versiones implican a los masones y unas más, a los descendientes de los merovingios.

De entre las variadas interpretaciones, la expuesta por Graham Hancok, sociólogo, investigador y autor del libro *Símbolo y Señal,* parece gozar de abundante crédito en la actualidad. Hancok buscó durante años el Arca de la Alianza, su investigación lo condujo al santuario de Aksum (Iglesia de Santa María de Sión), en Etiopía, donde el sacerdote Gebra Mikail es el guardián del Arca de la Alianza. Según la descripción de Hancok, el arca se encuentra en este santuario recubierta de telas que la envuelven completamente y que no se han tocado desde hace cientos de años. En Aksum viven judíos negros, son los «falashas», descendientes de emigrantes judíos. Ellos dicen que descienden del rey Salomón y la reina de Saba. El arca fue traída a Etiopía por Menelik I en tiempos de Salomón. Basadas en el arca original se han realizado cientos de réplicas que se reparten por todos los templos, pero sólo la del santuario de Aksum parece ser la original y verdadera, sagrada e inviolable, que nadie puede destapar y que se custodia severamente, impidiendo cualquier tipo de investigación que sería un sacrilegio.

Tal vez durante el pontificado de Benedicto XVI se desvele el secreto del Arca de la Alianza en Etiopía, lo que relacionaría su lema con «etiópicos», nombre que allí se da a los olivos.

¿O De Gloria Olivae tiene que ver con que el nuevo papa visitará Jerusalén? Tampoco lo sabemos aún, pero el nuevo reinado nos revelará la realidad.

También la profecía de Zacarías hace alusión a los olivos. Veamos el texto de esta profecía: «Yo reuniré a todas las naciones para que ataquen Jerusalén; la ciudad será tomada, saqueadas las casas y violadas las mujeres, y la mitad de la ciudad irá al cautiverio, pero el resto del pueblo no será exterminado de la ciudad. Yahvé aparecerá y combatirá a estas naciones como combate el día de la batalla. Aquel día sus pies se posarán sobre el monte de los Olivos [obsérvese la referencia a los olivos, concretamente al Monte], que está frente a Jerusalén, al lado del levante; el Monte de los Olivos se partirá al medio, a levante y a poniente, y se formará un gran valle, la mitad del monte se echará al norte y la otra mitad al mediodía. Huiréis por el valle de mis montes, porque el valle de los montes llegará hasta Atzel. Huiréis ante el terremoto de los tiempos de Ozías, rey de Judá. Y vendrá Yahvé, mi Dios, y con él todos sus santos. En aquel día no habrá luz; hará frío y hielo. Será un día conocido de Yahvé y que no será día y noche; por la tarde habrá luz. En ese día manarán de Jerusalén aguas vivas, la mitad hacia el mar oriental y la otra mitad hacia el Occidente... Y reinará Yahvé sobre la tierra toda... Y Jerusalén será enaltecido y permanecerá en ese lugar... Jerusalén estará en seguridad».

JUICIO FINAL

Además de proporcionar la relación de los lemas de los papas, la profecía de Malaquías termina refiriéndose al fin de los tiempos y el Juicio Final.

El texto en latín es el siguiente: «In persecutione extrema Sacrae Romanae Ecclesiae, sedebit Petrus Romanus qui pascet oves in multis tribulationibus; quibus transactis, civitas septicollis diruetur, et judex tremendus judicabit populum». (En la última persecución de la Santa Iglesia Romana, ocupará el trono Pedro el Romano, que hará pacer a sus ovejas en medio de numerosas tribulaciones; pasadas estas tribulaciones, la ciudad de las siete colinas será destruida y el juez terrible juzgará al pueblo.)

La interpretación de este mensaje nos viene a decir que la Iglesia aún sufrirá una última persecución, durante la cual se encontrará reinando como pontífice Pedro el Romano, quien llevará las riendas de la Iglesia en medio de grandes problemas o tribulaciones, y que una vez superadas estas dificultades la ciudad de las siete colinas (es decir, Roma) será destruida y un juez terrible, que no puede ser otro que Dios, juzgará a los sobrevivientes.

Este relato apocalíptico coincide en cierto modo con la cuarteta 69 de la primera centuria de Nostradamus, que sostiene lo siguiente: «La gran ciudad de los siete montes, después de la paz, conocerá la guerra, el hambre y la revolución, que se extenderá hasta muy lejos, arruinando grandes países, y también las ruinas antiguas y la gran fundación». Es posible que con «la gran fundación» haga referencia al Vaticano. En la centuria segunda, cuarteta 93, encontramos un texto similar que también hace referencia a la ciudad de Roma: «Muy cerca del Tíber, la muerte amenaza. Un poco antes, habrá una gran revolución. El jefe de la Iglesia será hecho prisionero y apartado. El castillo y el palacio entrarán en conflagración». Y, finalmente, en la cuarteta 20 de la centuria décima, leemos lo siguiente: «Gentes incultas matarán y pillarán a todos los miembros de un partido. Sus bienes serán destruidos después de haber sido publicados en un gran fichero. Nunca el pueblo de Roma fue tan ultrajado».

Estos textos coinciden con las profecías de Malaquías y Zacarías. Colocarlos en el tiempo ya es otro problema. Es evidente que todo ello sucede más allá del Papa…, es decir, en el pontificado de Pedro el Romano. Para Nostradamus esto sucederá en el año 2026.

¿Tenemos que pensar que después de Pedro el Romano, llegará el final de la Iglesia católica? ¿O, simplemente, todo esto significa que se producirá el fin de una Iglesia católica y el co-

El Juicio Final (El Bosco, óleo sobre panel, Groeninge Museum, Brujas).

mienzo de otra completamente distinta, con otros valores y otra espiritualidad más en línea con los tiempos que corren? Recordemos lo que Jesús le dijo a Pedro, según relata Mateo 16, 18: «Tú eres Pedro y sobre esta piedra edificaré mi Iglesia, y las puertas del infierno no prevalecerán contra ella». ¿Se refería Jesús a Pedro el primer papa de la Iglesia o era un mensaje en el tiempo dirigido a Pedro el Romano?

EL ÚLTIMO PAPA Y EL FIN DE LA IGLESIA

CAPÍTULO 2

LA HISTORIA SECRETA DEL PAPADO. TODOS LOS CAMINOS LLEVAN A BENEDICTO XVI

En sus buenos momentos, el catolicismo
fue sanguinario, como corresponde a toda
religión verdaderamente inspirada.
EMILE MICHEL CIORÁN, *La tentación del elixir*

Algunos no somos católicos,
no porque no seamos religiosos,
sino porque queremos serlo más.
FERNANDO DE LOS RÍOS

Una parte importante de la población mundial, entre la que se incluyen cristianos y católicos, intuye que la Iglesia católica se encamina a su final. Aunque ese final podría ser el de un sistema que, hasta ahora, sólo ha complacido y satisfecho a los más conservadores, tradicionales e, incluso, fundamentalistas.

Las posturas religiosas de las últimas décadas han alejado de la Iglesia católica a un sector de la sociedad cada vez más culto, intelectual y, por qué no decirlo, más espiritual. Es cierto que la Iglesia católica ha experimentado un crecimiento en algunos lugares del mundo, pero siempre entre poblaciones de un nivel sociocultural preeminentemente bajo. La ecuación que se fortalece parece ser: a mayor cultura, menor número de seguidores. Lo cual no significa que no existan seguidores de un elevado nivel cultural, sino que gran parte de ellos son los representantes de las corrientes más conservadoras e incluso fundamentalistas dentro de la Iglesia. Esa Iglesia católica determinada por unas posturas claramente conservadoras precipita, de ese modo, un desgaste que la aleja de las bases cultas e intelectuales más progresistas.

Prueba de ello son las cifras que demuestran que los estudiantes universitarios cada vez tienen menos interés en el catolicismo, aunque al mismo tiempo manifiesten ciertas inquietudes religiosas o espirituales. Lo cierto es que la Iglesia católica no ha sabido dar una respuesta adecuada a esas ansias de espiritualidad propias del hombre del siglo XXI, de la misma forma que no ha sabido adaptarse a las nuevas formas de vida y convivencia social.

La actitud de la Iglesia católica con los más de 150 teólogos expulsados de sus filas evidencia un accionar alejado de las necesidades de la sociedad. Aquéllos fueron los teólogos de la liberación, que caminaban con los pobres y compartían su dolor a la vez que luchaban contra la opresión que determinados estados ejercían sobre ellos con total impunidad. Con su decisión radical el Vaticano prefirió estar más cerca de los estados opresores que del pueblo sometido.

La Iglesia católica actual se encuentra alejada de los pobres, algo que éstos ven de una forma incomprensible. Como dice el teólogo Leonardo Boff: «Si una Iglesia no escucha a los pobres, no tiene nada que decir a Dios y se aleja de Jesús».

Más que nunca, la Iglesia católica precisa una recuperación de las instituciones del Vaticano II y del valor de las iglesias locales.

Cuando los papas eran elegidos por el clero y el pueblo

La muerte de Juan Pablo II y la consiguiente elección del nuevo papa se han convertido de cara al mundo en el escenario mediático para la autopromoción de la Iglesia. Por otro lado, mientras un sector del clero se regocija con el resultado del cónclave, favorable a su postura conservadora, otro sector, el más progresista, no puede más que lamentarlo. Una vez más el clero de base ha asistido a la elección de un nuevo papa sin poder influir verdaderamente.

Los padres del Concilio de Nicea, detalle de una iluminación en un manuscrito medieval.

Es evidente que la Iglesia ya no realiza sus elecciones como en los primeros siglos, cuando los papas se escogían de manera conjunta entre el clero y el pueblo, en ocasiones a través de un simple «suffragium» o aclamación. Esta forma de elección perduró hasta que en el año 312 las cátedras episcopales engordaron demasiado en poder y nobleza y se vieron inmersas en luchas para mantener los privilegios.

En el año 325, durante la celebración del Concilio Ecuménico de Nicea, se intentó reducir la participación del pueblo y potenciar la de los clérigos y obispos en la elección de los nuevos papas; de ese modo, la influencia popular quedaba irremediablemente distanciada de un posible sufragio universal. Desde ese momento, y especialmente a partir del gobierno de Constantino, las elecciones pontificias se hicieron cada vez más difíciles y escandalosas. Algunas de ellas fueron violentas, como la de Dámaso en el 366, cuando el pueblo y el clero se dividieron entre los seguidores de Dámaso y los de Ursino y los primeros asaltaron a sus rivales con antorchas cuando aquéllos estaban reunidos en la iglesia de Santa María de Trastevere, prendiendo fuego al lugar y produciendo más de 160 muertes entre los seguidores de Ursino.

Fue Nicolás II quien promulgó en 1059 el decreto *In nomine Domini* por el que se confiaba el nombramiento del papa exclusivamente a los cardenales. Más tarde, en 1179, Alejandro III creó la fórmula de los dos tercios para que la decisión resultara de una mayoría significativa. Pero no fue hasta 1216 que se celebró el primer auténtico cónclave —«cum clave», con llave—, cuando los habitantes de Perugia encerraron a los cardenales y de ese modo consiguieron que dieran un resultado, saliendo elegido Honorio III. Hubo otros verdaderos cónclaves en los que los cardenales estuvieron encerrados bajo llave. Así, en 1214, se les retuvo dos meses en las ruinas de las cárceles de Septizonio. También hubo cónclaves en los que las disputan fueron evidentes, como el que se celebró en 1378, tras el cual fue elegido Urbano VI y en el que los cardenales manifestaron haber sido presionados y abandonaron la Ciudad Eterna para elegir a Clemente VII, lo que originó un cisma en la Iglesia, con una papa en Roma y otro en Aviñón.

La historia de la Iglesia está plagada de crímenes, injusticias y horrores, algo que no ha parecido cambiar en los últimos siglos. Como apreciará el lector al final de este capítulo, el siglo XX ha estado sometido a los mismos males que toda la historia, y vale la pena repasar esos sucesos.

El papa Alejandro III recibe al embajador
(fresco de Spinello Aretino, Arezzo, 1345-1410, Palazzo Pubblico, Siena).

EL PRIMER PAPA DE LA IGLESIA ESTABA CASADO

La historia de la Iglesia cristiana empieza con una incongruencia: Pedro, el primer papa, estaba casado. Esta circunstancia se puede confirmar en los mismos Evangelios, ya que en ellos se hace mención a la suegra de Pedro (Simón). En Marcos 1, 20-30, donde se puede leer: «Al salir de la sinagoga, vinieron a casa de Simón y Andrés, con Jacobo y Juan. Y la suegra de Simón estaba acostada con fiebre y enseguida le hablaron de ella». En otro pasaje del Nuevo Testamento, más precisamente, en 1 Corintios 9, 5, leemos esta protesta de Pablo: «¿No tenemos derecho a traer con nosotros una hermana como mujer como también los otros apóstoles y los hermanos del Señor y Cefas?». Recordemos que, en su primer encuentro con Jesús, Pedro recibió el nombre de Cefas. En estos pasajes queda claro que el primer papa de la historia estaba casado. Pese a este hecho tan esclarecedor, la Iglesia católica se ha obstinado en mantener el celibato para sus sacerdotes, hecho que ha originado situaciones extrañas y escandalosas.

La historia de la Iglesia está plagada de hechos incongruentes y posturas terribles, de la mano de un clero que durante dos mil años se ha entregado a las debilidades humanas, ha impuesto al pueblo su execrable voluntad y se ha dejado llevar por ambiciones insaciables y codicias.

Los papas de la historia del cristianismo fueron en su mayor parte hombres detestables que se rodearon de asesinos e impusieron su voluntad por medio del miedo y el terror. Tuvieron un poder muchas veces excesivo, que los condujo a enfrentarse entre sí con el terrenal objetivo de mantener sus privilegios e impedir que otro papable les arrebatase su trono. Hubo papas que apenas duraron semanas e, indudablemente, no hace falta ser un gran historiador para adivinar que muchas muertes «naturales» de aquellas épocas escondían asesinatos a través de los más insólitos medios de envenenamiento, imposibles de ser detectados por los rudimentarios dispositivos médicos de la época.

En los primeros años de la institución del papado aparecen papas como Sisinio (708), que cayó enfermo tras su nombramiento y duró escasamente unos veinte días en el trono de Roma; o Bonifacio VI, que arrastraba una vida cargada de adulterios y murió de gota a causa de los excesos que cometió quince días después de su nombramiento.

LA HISTORIA INCONFESABLE

La vida personal de los primeros papas está colmada de sucesos inconfesables, como el reinado del papa Sotero (166-175), quien compartía su vida con Priscilla y Maximilla, dos bellas jóvenes romanas que eran sus «discípulas» y le acompañaban en todos los viajes. Sin embargo, aquéllos eran otros tiempos. Por entonces la Iglesia permitía que los curas de Roma contrajeran matrimonio, tal como se deduce del hecho de que el papa Silvestre I (314-335) prohibiese el segundo matrimonio a los curas de Roma (los 11.000 curas concubinados se vieron obligados a pagar un escudo de oro para conseguir que su estado fuera tolerado).

En el siglo III, Sixto III (432-440) fue acusado por el sacerdote Bassus de haber violado a la religiosa Chrysogonie y de haber cometido incesto. Sixto III hizo encerrar a Bassus en prisión y lo envenenó en su celda. Luego hizo transportar su cuerpo a Roma, con el pretexto de que Bassus estaba enfermo, y explicó que en su lecho de muerte el cura había confesado y admitido que sus acusaciones contra el Papa eran falsas.

La historia de los papas del siglo VII conforma una importante acumulación de escándalos. Félix III estaba casado; Simaco fue acusado de crímenes horribles; Virgilio mantuvo su trono a base de horrores, abominables asesinatos y sobornos; Pelagio I fue acusado de asesinar a su antecesor, el papa Virgilio; y Juan III asistió impávido a la condena de dos obispos por sus crímenes, violaciones y adulterios. En aquel sinfín de impunidades, cabe especial mención Gregorio I (590-604), el pontífice sospechado de envenenar a un obispo y quemar la Biblioteca Palatina, entre otros variados actos atroces.

Puede decirse que los papas que siguieron a Gregorio I tampoco relucieron por sus glorias y virtudes. Durante el reinado de Martín I, la corrupción alcanzó grados muy elevados entre el clero romano. Sergio I compró el trono, ya que éste se disputaba entre otros dos papas, de quienes se vengó cruelmente una vez que estuvo en el poder. El reinado de Sergio I terminó entre acusaciones de adulterio y el abuso de una joven religiosa.

Carlomagno es coronado emperador por el papa León III en el año 800
(miniatura de las *Chroniques des Empereurs,* de David Aubert, 1462).

Esteban II hizo arrancar los ojos y cortar la lengua al obispo Teodoro, amigo y defensor de Constantino. También mandó asesinar al padre Waldipert, después de someterlo a terribles torturas, condenar a Constantino a recibir mil golpes en la cabeza, arrancarle la lengua y otras muchas barbaridades que caracterizaron su reinado.

León III (759-816) sufrió un terrible atentado que le produjo varias mutilaciones. Cuando logró recuperarse, hizo exterminar a sus enemigos y todos aquellos sospechosos de haber intervenido en el atentado contra su vida.

VIDAS DESENFRENADAS ENTRE EL PODER Y LAS CORTESANAS

El siglo IX trajo dos papas especialmente corruptos. Juan VIII (872-882) murió envenenado y rematado a martillazos por los padres de una dama romana con la que pasaba sus horas y practicaba sus libertinajes. Adriano III (884-885) llevó una vida desenfrenada y permitió que durante su mandato los curas de Roma vivieran públicamente con cortesanas y tuvieran en propiedad los lupanares de la ciudad.

Esteban VI (896-897) fue un modelo ejemplar de la corrupción mental de ciertos hombres que accedieron al trono de Roma. Un papa que no sabía firmar y que mantuvo su reinado cometiendo depravaciones y excesos. Fue hábil y corrupto. Hizo exhumar el cadáver de Formoso, quien le había arrebatado el trono un año atrás, y luego lo transportó a Roma y lo sentó en un trono con sus vestimentas papales. De ese modo tan espectacular y macabro inició un concilio por el cual pretendió juzgar a Formoso ante la presencia de los prelados y curas. Tras la condena, ordenó mutilarlo.

Uno de los episodios más vergonzantes de la historia de los papas se produjo en el siglo X. Cuando cayó el Imperio Carolingio el papado quedó en manos de la poderosa aristocracia romana, que se encargó a partir de entonces de controlar las elecciones y elegir a los sucesores del trono de Roma. Sergio III (904-911), un papa calificado de «monstruo» por los historiadores, cometía adulterio con una famosa cortesana romana llamada Marozia. Años más tarde, Juan X (914-928) fue elegido por las influencias de la noble Teodora, madre de Marozia. Juan X se convirtió en un papa sin fe, avaro y entregado a sus pasiones con Teodora. Marozia, que fue capaz de percibir la peligrosa situación en la que se encontraba su madre, mandó encarcelar al Papa acusándole de crímenes amorosos. Los historiadores concluyen que Juan X murió envenenado en su celda. Marozia era, sin duda, la personalidad más influyente de Roma. Juan XI (931-935) fue nombrado papa debido a sus influyentes contactos, y también por ser fruto de las relaciones amorosas de Marozia con el papa Sergio III. Los historiadores aseguran que Juan XI cometió incesto con su propia madre en una época en la que las luchas por el poder temporal y religioso, las intrigas de alcoba y la corrupción, constituían los rasgos más característicos de Roma. Juan XII (955-964) era hijo incestuoso del patricio Alberia y de la insaciable Marozia. Juan XII murió asesinado por un airado marido que lo descubrió haciendo el amor con su mujer. Su sucesor, León VIII, murió de un ataque de corazón mientras se regocijaba en una cama adúltera.

UN NUEVO MILENIO PLAGADO DE MATANZAS

El nuevo milenio no sería mejor que el anterior. Mientras los excesos durante los primeros mil años de la Iglesia podían justificarse en la ignorancia y la crueldad de una civilización carente de principios y sometida a los designios de una cultura bizarra, los siguientes mil años se sostuvieron en unas matanzas en masa en nombre de la fe: cátaros, templarios e infieles en la cultura islámica, sin contar con la cruel Inquisición. La ciencia tuvo grandes dificultades para progresar en aquellos tiempos; cualquier descubrimiento científico era considerado una herejía, por lo que Europa se sumió en oscuras tinieblas y perdió la posibilidad de progresar dignamente por medio de los descubrimientos. Ni la medicina, ni la astronomía o la biología pudieron abrirse camino sin dejar tras ellas un reguero de muertes y frustraciones. Astrónomos como Nicolás Copérnico y Galileo Galilei sufrieron uno la muerte y otro la humillación. Un médico como Miguel Servert, que anticipó la circulación de la sangre por el cuerpo humano, fue cruelmente quemado en la hoguera. Miles de mal llamadas brujas, que utilizaban herbolarios que hoy aplican miles de laboratorios farmacéuticos, fueron torturadas y quemadas.

La historia de la Iglesia en el segundo milenio se inicia con un papa calificado como brujo: Silvestre II, del que ya habla-

Galileo ante la Inquisición (Joseph-Nicolas Robert-Fleury, 1797-1890, Museo del Louvre, París).

mos más ampliamente en otra parte de este libro. Después de otros tres papas, llegó al trono de Roma Benedicto VIII (1012-1024), quien se caracterizó por su inusitada y extrema crueldad. Este papa de comienzos del segundo milenio capitaneó una batalla contra los sarracenos en la que todos fueron asesinados y tras la cual se realizó un, al menos curioso, reparto del botín: a Benedicto VIII le fue otorgada la mujer del jefe de los sarracenos, una joven de gran belleza, a la cual el Papa rebanó la cabeza con su propia mano y entregó el cuerpo desnudo a los soldados.

Los métodos para alcanzar el poder de Roma no habían cambiado mucho con respecto al milenio anterior. Por ejemplo, Benedicto IX envenenó a Dámaso II para quedarse con el trono santo. Gregorio VII fue sorprendido en adulterio con una joven sirvienta de su monasterio. Más tarde hizo estrangular a su ama de llaves, Beatriz, tras una noche de libertinaje. De este papa también se contaron los amores escandalosos con la condesa Matilde.

LAS CRUZADAS, PRIMERAS MATANZAS EN MASA

Las cruzadas, expediciones religiosas-militares impulsadas por la Iglesia católica, tuvieron en principio la finalidad de rescatar y conservar los Santos Lugares de Jerusalén y Palestina. No obstante, tras la primera de ellas las demás adquirieron un carácter preeminentemente político, con la clara intención de enriquecimiento por parte de sus esbirros.

La Primera Cruzada fue promovida por el papa Urbano II e impulsada en el campo de batalla por Godofredo de Bouillon. Este primer movimiento culminó con la toma de Jerusalén.

La Segunda Cruzada fue inspirada por san Bernard de Claraval en 1144. Esta Segunda Cruzada fue un fracaso completo. Luis VII de Francia y el emperador de Alemania Conrado III Staufen intentaron el asedio de Damasco pero fracasaron. Mientras que la Primera y la Segunda se llevaron a cabo por tierra, las demás cruzadas se hicieron por mar. Durante su segundo avance, los cruzados se vieron obligados a retirarse y regresar a su punto de partida al no poder hacerse con Damasco, que era su objetivo principal.

La Tercera Cruzada tuvo lugar en el año 1187 y sus protagonistas fueron Federico Barbarroja, Felipe Augusto y Ricardo Corazón de León. Terminó con la pérdida de Jerusalén, aunque se

El papa Urbano II promueve la Cruzada en Clermont (*Livre des oassages faits outre mer,* siglo XIV, Biblioteca Nacional de Francia).

conservaron Jaffa y San Juan de Acre. Durante este avance ocurrieron muchos conflictos y muertes lamentables, entre ellas la de Federico Barbarroja, que murió ahogado en Salef mientras se bañaba. Por otra parte, Ricardo Corazón de León creó cierta enemistad entre los participantes, ya que antepuso siempre sus intereses personales a los del reino. Así, durante el asedio a San Juan de Acre, Ricardo Corazón de León ofendió al duque Leopoldo de Austria al apartar el estandarte que el austriaco había clavado en los muros de la ciudad para colocar el suyo. Como consecuencia de este enfrentamiento, cuando Ricardo Corazón de León regresaba de las cruzadas y pasaba junto a Viena, el duque Leopoldo lo hizo prisionero y lo retuvo dos años hasta que Inglaterra pagó un rescate por él.

La Cuarta Cruzada se inició en el año 1202. En esta cruzada las pujas económicas fueron el detonante del ataque a Constantinopla, muy a pesar de Inocencio III, quien insistía en que la expedición debía centrarse en la liberación de la Tierra Santa. Se puede afirmar que esta cruzada fue la más destructiva para la cul-

La toma de Constantinopla (Tintoreto, 1518-1594, Palacio de los Dogos, Venecia).

tura islámica. Constantinopla sufrió el asedio y la destrucción a manos de los cruzados cristianos, fueron destruidos palacios de gran belleza arquitectónica, se arrojaron al mar tesoros artísticos de la Grecia clásica que nunca pudieron ser recuperados y se acometió un terrible vandalismo inspirado por una codicia asombrosa, ya que lo que no se podía llevar como botín era destruido. Nietzsche manifiesta en *El Anticristo* la brutalidad de esta expedición cruzada: «Los cruzados lucharon por algo que debían haber adorado —la gran cultura islamista—. ¡Seamos bastante sinceros para admitir que las cruzadas no fueron más que una piratería superior!... todos ansiaban botín».

La Quinta Cruzada tuvo lugar en el año 1215 y, al igual que la Segunda, fue un gran fracaso. Había sido predicada en el Concilio de Letrán y estuvo dirigida por el rey Andrés II de Hungría y el rey de Jerusalén Juan de Brienne. Los cruzados fueron derrotados ante el monte Tábor, por lo que tuvieron que pasar a Egipto y ocupar temporalmente Damietta.

La Sexta Cruzada, iniciada en el año 1223, resultó paradójica y aleccionadora a la vez. Fue dirigida por el excomulgado Federico II Hohenstaufen y sin derramamiento de sangre, valiéndose de medios puramente diplomáticos, se alcanzó una serie de acuerdos con el sultán de Egipto (Tratado de Jaffa, en 1229). Este último terminó cediendo las ciudades de Jerusalén, Nazaret y Belén. ¿Se logró este resultado gracias a la connivencia de los templarios de Jerusalén? Lo cierto es que un hombre excomulgado consigue, sin derramamiento de sangre y sin fanatismo, lo que no habían logrado los demás cruzados.

La Séptima Cruzada fue predicada en 1245 en el Concilio de Lyon y dirigida en 1248 por san Luis, rey de Francia. Al igual que dos de sus predecesoras, fue un fracaso. El rey de Francia cayó enfermo y fue hecho prisionero por los musulmanes junto a varios caballeros de la nobleza francesa; sólo tras un suculento rescate económico los prisioneros pudieron regresar a Francia.

La Octava Cruzada también fue organizada por san Luis en 1268, quien se encaminó a Túnez, pero murió de peste a las puertas de aquella ciudad en el año 1270.

SADISMO EXACERBADO CONTRA LOS CÁTAROS

Al margen de las ocho importantes cruzadas también se produjeron otras expediciones religiosas que merecen ser mencionadas, especialmente la impulsada por el papa Inocencio III contra los albigenses, también conocidos como cátaros. En esta cruzada tuvo una destacada importancia la actuación de san Bernardo de Claraval y también la de los templarios, quienes, según algunos historiadores, ayudaron a muchos cátaros a huir. Indudablemente la cruzada contra los cátaros también estuvo cargada de motivos económicos y otros centrados en la difusión de una religión más espiritual y profunda que el cristianismo de la época.

Inocencio III, cuyo nombre de nacimiento era Lotario Conti di Segni, accedió al papado en 1198. Era un teólogo brillante que a partir de 1204, después de imponer definitivamente su poder en Roma, intervino para reorganizar a su manera la cristiandad en Europa. Su sueño era llevar a cabo una cruzada para reconquistar Tierra Santa. Al no poder realizarlo, consiguió imponer su idea de una cruzada contra los grandes príncipes occitanos, culpables de tolerar y proteger la herejía cátara. Entre los destinatarios de la ira de Inocencio III estaban especialmente Raimundo VI, conde de Toulouse, y su sobrino, Raimond Roger Trencavel, vizconde de Carcasona, Albi, Béziers y Limoux. Se trató de una solemne y vibrante llamada a la cruzada, ya que la para la Iglesia los cátaros representaban un peligroso fermento de anarquía en la sociedad.

Bernard de Claraval apoyó esta cruzada. Aunque se manifestaba opuesto al uso de la violencia, más tarde reconoció los límites de la contra-predicación para detener la herejía y dio carta blanca a la represión física.

La cruzada contra los cátaros benefició no sólo a unos cuantos señores feudales, sino también a la Iglesia, especialmente a las órdenes mendicante, franciscana y dominica.

Inocencio III convocó la cruzada contra los cátaros y puso al frente del ejército al abad cisterciense Arnaldo de Amalric y a Simón de Monfort. Fue una cruzada colmada de una terrible crueldad, especialmente considerando que no se combatía al hereje morisco, sino a hermanos franceses. ¿Cómo se pudo alcanzar un sadismo tan exacerbado? La única explicación de los historiadores es el fanatismo religioso de la época y los intereses económicos de la Iglesia y los señores feudales. Cualquier herejía representaba un peligro para la Iglesia, de manera que ésta no dudó en repelerla utilizando los métodos que consideró más eficientes. Así, una vez que cayeron los cátaros y sus defensores, la Inquisición se hizo dueña y señora de las tierras francesas, obligando a los cátaros a emigrar a los Pirineos. Entonces la guerra religiosa se convirtió en política, cuando Francia envió sus tropas para integrar esas zonas del sur a su reino.

Las cruzadas se valieron en muchas ocasiones de la inocencia de los niños, como ocurrió en la Primera Cruzada con Pedro de Amiens (el Ermitaño), quien arrastró a unos 10.000 niños, los cuales pasaron terribles penurias y finalmente fueron aniquilados por el ejército otomano. También por entonces tuvo lugar la llamada Cruzada de los Niños, encabezada por el pastorcillo de Vendôme, en Francia, quien agrupó a unos 30.000 niños y jóvenes. Aquel tropel de niños cruzados embarcó en Marsella en varias naves, sin saber que se trataba de mercaderes de esclavos que los conducirían a Egipto, en donde serían vendidos a los sultanes propietarios de serrallos. Aún hubo una tercera cruzada de niños, conocida como Cruzada de los Pastorcillos, en la que participaron miles de jóvenes alemanes que murieron trágicamente en su marcha hacia Brindisi.

El Sanctum Officium Sanctissime Inquisitionis

La historia de la Iglesia y sus papas no mejoró durante los años siguientes. No obstante, en honor a la verdad, hay que destacar que también hubo papas ejemplares, como por ejemplo Anastasio IV, quien ejercitó un papado caracterizado por su ética y moralidad. Desgraciadamente, estos príncipes de la Iglesia duraron poco tiempo en sus tronos y sus muertes se produjeron muchas veces en circunstancias misteriosas que suscitaron grandes sospechas.

Inocencio III murió por sus excesos en la mesa, y fue sucedido por Honorio III. Tras este último gobernó Gregorio IX, que fue el encargado de perfilar la institución de la Inquisición, el Sanctum Officium Sanctissime Inquisitionis, cuya misión era perseguir la herejía a través de tribunales inquisitoriales formados por dominicos. Inicialmente se efectuaban predicaciones por las localidades y se incitaba a la autoincriminación, la pesquisa y la denuncia. Indudablemente esto originaba que muchas personas fueran acusadas injustamente con el fin de ajustar rencillas, envidias y odios entre los habitantes. Si bien al principio las penas impuestas eran de deportación, encarcelamiento u obligación de realizar determinadas peregrinaciones, pronto empezó a aplicarse la tortura y la muerte en la hoguera.

A través de la Inquisición la Iglesia procedió a exterminar a las erróneamente consideradas «brujas». La brujería se consideró una religión satánica y herética que suponía un pacto con el diablo, condenada a partir de una bula papal del año 1484. Para

Tribunal de la Inquisición (Francisco de Goya, 1746-1828, Academia Real de San Fernando).

investigadores como Hugh Trevor-Roper o Norman Cohn no existieron las brujas sino solamente los perseguidores de brujas, y muchos aquelarres fueron en realidad imaginados por algunos de sus captores. Margaret Murray y James Frazer sostienen que la brujería había consistido en restos a la deriva de antiguos cultos a la fertilidad. Al igual que otros tantos historiadores, Marvin Harris sostiene que el pacto con el diablo, el vuelo en escobas y el aquelarre, fueron invención de los quemadores de brujas. Harris afirma: «La tortura se aplicaba rutinariamente hasta que la bruja confesaba haber hecho un pacto con el diablo y volado hasta un aquelarre. Si una bruja intentaba retractarse de una confesión, se la torturaba, incluso con más intensidad, hasta que confirmaba la versión original».

La Inquisición aprovecha todo el miedo que suscita su cacería para reprimir el sexo y quemar mujeres que se consideran brujas porque son sospechosas de realizar abortos o enseñar artes anticonceptivas, vender plantas alucinógenas o preparar filtros afrodisíacos, ayudar a evitar los dolores de la desfloración, curar enfermedades sexuales o tener profundos conocimientos sobre diversos temas, e incluso por practicar un amor libre.

Sin duda fue una campaña contra la mujer «sabia», uno de los primeros enemigos de la Iglesia desde san Pedro, que ya empezó por apartar a María Magdalena y evitar que se convirtiese en un apóstol más. La mujer sabia, con conocimientos, era descendiente de las Diosas y como tal era considerada una bruja. Según Riane Eisler, ya san Cirilo instigó a los monjes cristianos para que despedazaran bárbaramente con conchas de ostras a Hipatía, notable matemática, astrónoma y filósofa de la escuela de filosofía neoplatónica de Alejandría. La misma madre de Johanne Kepler estuvo a punto de ser enviada a la hoguera por bruja, por haber enseñado a su hijo secretos místicos.

Los filtros y las plantas enteógenas se convirtieron en auténticas pruebas contra las supuestas brujas, especialmente plantas como la belladona, la ruda y la mandrágora. Esta última ya aparece en Génesis 30, 16, en donde dice que se la utiliza como filtro amoroso: «Cuando Jacob volvía del campo a la tarde, salió Lea a él, y le dijo: Llégate a mí, porque a la verdad te he alquilado por las mandrágoras de mi hijo. Y durmió con ella aquella noche».

Finalmente destacaremos que un estudio de H. C. Eric Midelfort sobre 1.258 ejecuciones por brujería en el suroeste de Alemania entre 1562 y 1684, demuestra que el 82% de los sentenciados

Quema de brujas en Darneburg, según un grabado del siglo XVI.

fueron mujeres. Viejas mujeres indefensas y parteras de la clase baja eran las primeras en ser acusadas en cualquier brote local. Pero cuando las llamas rozaban los nombres de las gentes que gozaban de alto rango y poder, los jueces perdían confianza en las confesiones. Si en alguna ocasión alguien era lo bastante necio o necia para mencionar que había visto al obispo o al príncipe heredero en un aquelarre reciente, sin duda terminaba en manos de los torturadores.

¿Cuántas personas quemó la Inquisición? Para J. Ramón Gómez, autor de *Las plantas en la brujería medieval,* cerca de 500.000 personas llegaron a ser quemadas vivas durante la Inquisición. En Alemania la *Nelson Encyclopaedia* estima que la persecución de brujas pudo producir más de 100.000 víctimas en el espacio de dos siglos. La *Chamber Encyclopaedia* señala que en Ginebra, Suiza, sólo en tres meses fueron quemadas 500 supuestas brujas. En Inglaterra, desde la ejecución de María Estuardo hasta que su hijo se coronó rey, durante unos treinta y dos años, fueron ajusticiadas 17.000 brujas. Otras 3.700 durante el periodo de Long Parliament. Otras 40.000 en los ochenta primeros años del siglo XVI. A principios del siglo XVII fueron enviadas a la hoguera por el juez Pierre de Lancre en el País Vasco-Francés 500 personas. Reinando en Francia Francisco I (1494-1547) fueron condenadas 100.000 brujas. En Tréveris, Italia, fueron ajusticiadas en muy pocos años 7.000 brujas. En España, en tiempos de Felipe V, fueron quemadas en la hoguera 1.600 mujeres. La última ejecución de una bruja en la hoguera en España se produjo en el año 1782.

Indudablemente, estas cifras son escalofriantes, pero mucho más aún si recordamos que se trataba de personas inocentes. Semejante matanza fue en realidad un brutal genocidio en el que las personas se ejecutaban por albergar ideas diferentes a la Iglesia de la época. Si a todas estas cifras les añadimos las muertes incruentas de las cruzadas y las muertes de cátaros y templarios, tenemos un holocausto idéntico en magnitud a aquellos originados por el Tercer Reich alemán o la Rusia stalinista.

LOS BUENOS PAPAS MUEREN ENVENENADOS

Siguiendo el recorrido por la historia pontificia nos encontramos con un papa que trató de cambiar las costumbres infames del clero pero murió dieciocho días después de su elección, encarcelado por el propio clero. Ese papa era Celestino IV. Un caso parecido fue el de Inocencio V, cuyas buenas intenciones y deseos de cambio lo condujeron directamente a una muerte por envenenamiento.

Nicolás III (1277-1280) consiguió que su familia, una de las más pobres de Roma, llegara a ser una de las más ricas de Italia. Tras Nicolás III vino Martín IV y tras éste, Honorio IV, un papa libertino y cruel que mandó sus cruzadas contra el reino de Aragón y lanzó la armada francesa contra Cataluña. En el transcurso de estas cruzadas, los guerreros del Papa cometieron las más inimaginables barbaridades, saqueando, pillando y masacrando los santuarios. Los cruzados violaron monjas e incendiaron con-

Coronación
de Clemente V
en Lyon (miniatura
de una iluminación
francesa del siglo XIV,
British Library,
Londres).

ventos, cometiendo en su interior terribles escenas de lujuria. Se hacían llamar «vengadores de Dios» y actuaban bajo una consigna de la Iglesia que rezaba: «En nombre del Papa, matad a estos infames aragoneses si queréis ganar el reino de los cielos».

Con Bonifacio VIII (1294-1303) los ajustes de cuentas entre papas continuaron vistiendo la historia de luto. Bonifacio VIII hizo encerrar a Celestino V, su antecesor, y lo condenó a morir de hambre. Con Benedicto XI llegó otro papa cargado de buenas intenciones que tuvo la utópica idea de reformar a un clero corrupto; claro que su final es predecible: murió envenenado por los cardenales. Benedicto XI fue sucedido por Clemente V, quien mandó perseguir y exterminar a los templarios. Juan XXII (1305-1314) hizo quemar durante su reinado a más de diez mil presuntos herejes y persiguió a los sabios e investigadores entregándolos a los tribunales de la Inquisición.

A Juan XXII le sucedió Benedicto XII (1334-1342), hijo incestuoso de Juan XXII y su hermana. Este papa intentó seducir a la hermana del poeta Petrarca, llamada Selvaggia, e incluso propuso al poeta pagar por su virginidad. Aprovechando una ausencia de Tetrarca, hizo raptar a Selvaggia cuando la joven tenía sólo dieciséis años y, en su palacio, abusó indignamente de ella.

Los Borgias y el arte de usar más veneno que sal en la cocina

Sin duda, el mérito sobre el uso del veneno para cambiar el rumbo de la historia lo tiene una familia de la nobleza: los Borgias. Se dice de ellos que usaban más veneno que sal en la comida.

Pero, antes de dedicarnos a los Borgias, veamos algunos papas previos a esta familia de emponzoñadores.

Urbano VI hizo asesinar a Jeanne de Nápoles y envenenar al papa Clemente VII. Inocencio VII fue envenenado por Benedicto XIII. Así, entre luchas en el papado, llegó Pío II (1458-1464), que en su época de cardenal escribía: «Yo he distribuido numerosos golpes con mi daga a vírgenes tímidas de voluptuosa belleza, y doy gracias a Dios por haberme hecho escapar mil veces de las emboscadas que me preparaban los padres vigilantes o los maridos celosos». Sixto IV (1471-1484) decretó que los hijos bastardos de los papas fueran príncipes por derecho de nacimiento; incluso autorizó la sodomía dentro de la familia del cardenal de Saint-Lucie. Corneille de Agrippa explica en una de sus obras que Sixto IV es el fundador de varios y nobles lupanares de Roma.

De este modo llegamos a Alejandro VI, un papa pervertido que tuvo unas escandalosas relaciones con una mujer de nombre Rosa

Venosa, de las cuales nacieron cinco niños. Este papa también cometió incesto con su hija Lucrecia de Borgia y sus hermanos Francisco y César. Entre sus amantes se destacó Giulia, cuya historia se encuentra explicada en cientos de libros que detallan los famosos envenenamientos de los Borgias y las orgías que se celebraban en los palacios del Vaticano, a las que asistían decenas de cortesanas y cardenales. Como muchos otros papas, Alejandro VI terminó enve-

Alejandro VI tuvo una vida plena de excesos y terminó envenado.

nenado, y debido a que nadie quería transportar su cadáver los enterradores finalmente decidieron arrojarlo en un agujero.

Ser genial está prohibido por la Iglesia y el estado

Durante dos mil años de cristianismo, la Iglesia ha sido un fuerte opositor de los avances científicos y de las nuevas teorías que aparecen para dar explicación al mundo en que vivimos. Sin esta oposición y las medidas que tantas veces se tomaron para frenar las ideas más progresistas, la ciencia hubiera podido avanzar mucho más de lo que lo ha hecho y podría utilizar ahora su gran sabiduría para resolver las inequidades del planeta. Pero no ha sido así, ya que la Iglesia tuvo especial empeño en mandar a la hoguera a todos los que propagaban nuevas explicaciones, así como de quemar todos los libros que consideraba heréticos.

Algunos ejemplos de este comportamiento ingrato se encuentran en la historia de hombres de gran genialidad como Roger

Bacon, autor de *Espejo de la alquimia*, que en el siglo XIII publicó *Tratado de las obras secretas de la naturaleza y del arte*, en donde describía máquinas voladoras, puentes colgantes, barcos sumergidos y vehículos que funcionaban sin la necesidad de tracción animal. Sus ideas avanzadas le costaron la prisión por brujería. También Eckhart de Hochheim, uno de los mayores representantes del esoterismo cristiano, tuvo que enfrentarse a la furia del papa Juan XXII, que le negó la posibilidad de hablar de sus doctrinas e hizo quemar sus libros.

Muchos alquimistas sufrieron la ira de la Inquisición. Uno de ellos fue Arnau de Vilanova, que se salvó por ser el consejero médico del los papas Bonifacio VII y Clemente V. Juan Pico de la Mirándola, iniciado en la Cábala, presentó 900 tesis que fueron rechazadas por Roma y se vio obligado a huir a Francia al ser condenado por Inocencio VIII. La gran biblioteca esotérica del abate Tritheim fue quemada en 1505 por los monjes. Agrippa, filósofo y alquimista alemán, se vio confinado en Grenoble por orden de Francisco I y la Iglesia. La madre de Johannes Kepler, cuyas leyes revolucionaron la astronomía, estuvo a punto de ser enviada a la hoguera por bruja y haber enseñado a su hijo secretos místicos. Giordano Bruno, gran astrónomo que afirmaba que «todo es uno» y que el conocimiento de la filosofía es llegar al conocimiento de esa unidad, fue detenido por la Inquisición en 1591, llevado a Roma y quemado en la hoguera por panteísta. En el siglo XVII era quemada la biblioteca de Comenio, Cagliostro era condenado por estar contra la religión cristiana, Stanislas de Guaita moría envenenado y eran quemados sus documentos por maléficos. En el siglo XVIII, el naturalista Bufón era condenado a retractarse por haber asegurado que la Tierra era mucho más antigua que la fecha bíblica de seis mil años. Un contemporáneo suyo, Giraud-Solavie, aseguraba que la Tierra tenía una antigüedad de siete millones de años. Esta aseveración le convirtió en un hombre perseguido que murió abandonado.

Los evolucionistas se convirtieron también en objetivo de la Iglesia, ya que ésta no aceptaba bajo ningún pretexto la posible descendencia del hombre a través de una cadena evolutiva que lo remontaba hasta el primate. Así, Lucilio Vanini (1584-1619) fue sometido a terribles torturas —como arrancarle la lengua y ser quemado en la hoguera— por haber planteado la posibilidad de que el semen del pez pudiera engendrar a un hombre. Lamark también fue perseguido por su obra *Filosofía zoológica e historia de los animales invertebrados*. El odio hacia él fue tan grande que tras su muerte sus restos fueron sacados de su tumba y arrojados a una fosa común. El caso más conocido de persecución, que aún persiste en algún estado de Estados Unidos, ha sido contra Charles Darwin, por su obra *El origen de las especies*, donde da sentido a la paleontología y describe la evolución de los seres vivos del pasado. Entre los evolucionistas cabe destacar al jesuita Teilhard de Chardin, cuyas teorías sobre la cosmovisión y sus descubrimientos paleontológicos le enfrentaron con su propia Iglesia. Como bien decía Jean Rostand: «Los descubrimientos que entusiasman a los biólogos son, a menudo, desconcertantes para los moralistas». Incluso Albert Einstein fue mal visto por la Iglesia cristiana, tal vez por su doble condición de científico y judío. El *Obsservatore Romano* decía de él que «sus teorías científicas tendían a separar la fe de Dios de la vida humana».

PIROMANÍA ECLESIÁSTICA

La Iglesia ha puesto un especial interés y esfuerzo en destruir todos aquellos libros y teorías que no compartía o que ponían en tela de juicio algunos de sus dogmas. Cuando el estado no le ha permitido la destrucción de algunas de estas obras, se ha valido de otros métodos para prohibir su lectura, así creó el llamado Índice (o Index), en el que aparecía un extenso listado de autores proscritos por la Iglesia y cuya lectura representaba la excomunión inmediata. Entre estos autores estuvieron Federico García Lorca, Ramón Sender, Alejandro Casona, Karl Marx, Friedrich Engels, André Malraux, Jean-Paul Sartre, Rafael Alberti, Ernest Hemingway, Arthur Miler, Pablo Neruda, Salvador de Madariaga, Friedrich Nietzsche, Alejandro Dumas, Victor Hugo, Emile Zola, Miguel de Unamuno, Arthur Schopenhauer, Arshille Gorky, Konrad Lorenz, Teilhard de Chardin, Voltaire, Jean-Jacques Rousseau, etc.

Santo Domingo quemando los escritos de los albigenses (Pedro Berruguete, 1450-1504, Museo del Prado).

LA HISTORIA SECRETA DEL PAPADO...

Obras de arte
y textos perdidos

Una prueba evidente de las obras destruidas, de las bibliotecas quemadas y del gran saber perdido, lo tenemos en esta lista incompleta:

- Año 54: San Pablo, Pablo de Tarso, condena en Éfeso a un auto de fe a todos los libros que tratan de «cosas curiosas». Son quemadas decenas de textos.
- Siglo III: Los emperadores cristianos, a través de autos de fe, queman y destruyen el templo de Diana en Éfeso y sus archivos son calificados de paganos.
- Año 490: Los cristianos incendian la Biblioteca de Alejandría.
- Siglo VII: Monjes irlandeses queman 10.000 manuscritos rúnicos en corteza de abedul que contenían las tradiciones y los anales de la civilización céltica.
- Año 789: Carlomagno, dando vigencia a los decretos de los concilios de Arles, Tours, Nantes y Toledo, prohíbe el culto a los árboles, piedras y fuentes y ordena la destrucción de todo objeto y documento relacionado con este rito pagano.
- Año 1204: Durante la cuarta cruzada, miles de libros son quemados tras la conquista de Constantinopla.
- Año 1242: 24 carretas de manuscritos del Talmud fueron quemados en lo que hoy es la plaza del Hotel-de-Ville en París.
- Siglo XIII: Los católicos destruyen los libros cátaros.
- Año 1500: Francisco Jiménez de Cisnero quema 5.000 libros de la cultura árabe en Granada.
- Año 1505: Los monjes queman la biblioteca del abate Tritheim, por considerarla mágica y peligrosa.
- Año 1530: Son quemados los códices de los mayas en Tetzcoco por orden de fray Juan de Zumárraga.
- Año 1553: Miguel Servet es quemado en la hoguera junto a sus libros por sostener que la sangre circulaba por el cuerpo.
- Año 1559: Se queman 12.000 textos hebreos en la ciudad de Cremona. La Iglesia católica crea el Índice de libros prohibidos.
- Siglo XIV y XV: La Inquisición quema los manuscritos heréticos. Cuando la

Inquisición enviaba a la hoguera a los judíos también quemaba sus libros talmúdicos.

- Año 1687: Un sospechoso incendio destruye toda la biblioteca que había pertenecido a Pico della Mirandola.
- Siglo XVI: Los conquistadores cristianos y el obispo Diego de Landa destruyen la casi totalidad de los libros sagrados de México.
- Siglo XVI: La Inquisición ordena que sean quemados los libros de Gracilazo de la Vega.
- Año 1520: Cortés, al conquistar México, ordenó la quema de todos los libros aztecas para evitar que ese pueblo tuviera memoria histórica de sus proezas y sus héroes.

- Año 1566: El virrey del Perú, Francisco de Toledo, destruye un inmenso caudal de tejidos incas y tablillas pintadas que contenían la historia antigua de América.
- Siglo XVI y XVII: La biblioteca de John Dee (1527-1608), astrólogo y alquimista, fue quemada intencionadamente. Contenía más de 4.000 volúmenes. Con ella desaparecieron notas y documentos valiosos.
- Año 1709: La Inquisición quema los documentos científicos de Gusmao, en Lisboa.
- Año 1897: Se queman libros y notas manuscritas de la biblioteca privada de Stanislav de Guaita, tras su muerte, por considerarla maléfica.

Calvino y Servet (Theodor Pixis, 1831-1907, Galería del Palatinado, Kaiserlautern).

¡Veneno por compasión!

Durante el siglo XVI no cambió demasiado la historia del papado de Roma. Así, Julio II (1503-1513) fue acusado por Eramos de crímenes, incesto con su hermana y su hija, sodomía y envenenamientos. De vez en cuando surgió por entonces un papa ejemplar, un hombre santo dispuesto a introducir reformas en el clero para acabar con los abusos que cometía la Iglesia. Adriano VI reconoció en su nombramiento que «durante algunos años muchas cosas abominables han tenido lugar en esta Santa Sede [...], todos nosotros, prelados y clero, nos hemos desviado del camino recto».

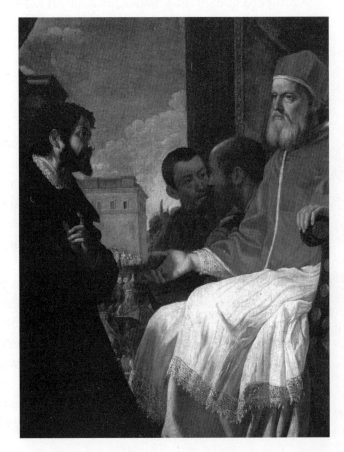

Miguel Ángel y Julio II (Anastasio Fontebuoni, 1571-1626, Casa Buonarroti, Florencia).

Estas palabras de su nombramiento seguramente no gustaron demasiado, ya que representaban una seria amenaza para aquellos que no estaban en el camino recto. Así que Adriano VI murió envenenado por los propios curas que le rodeaban. De él diría el cardenal Pallavicini: «Era un hombre piadoso, desinteresado, que quería el bien de la religión..., un papa mediocre que desconocía las flexibilidades del arte de reinar». Le sucedió Clemente VII (1523-1534), que también murió envenenado por los cardenales, pero en este caso el motivo fue su carácter cruel.

Otro papa que dio que hablar fue Julio III (1549-1555), debido a sus amores con Bertuccino. A Julio III le encantaba correr desnudo por los jardines del Vaticano, cantando románticas canciones. Sus excesos en la mesa acabaron con él. Le sucedió Marcelo I, otro papa ingenuo que quiso reformar la Iglesia y que, evidentemente, no podía vivir mucho tiempo. Murió envenenado a los veinte días de su nombramiento.

Pío V (1566-1572) fue un de los papas más odiados de Roma, ya que aprovechó la Inquisición para mandar asesinar a muchas familias romanas que estuvieron en contra de su nombramiento. Durante su reinado cometió torturas incontables. Tras su muerte, el trono de Roma fue ocupado por Gregorio XIII, responsable de la jornada de San Bartolomé que cubrió Francia de miles de cadáveres.

Sixto V (1585-1590) tuvo amores y armó reyes contra reyes. Su principal error fue realizar reformas en la Orden de la Compañía de Jesús, los jesuitas, posible motivo de su muerte por envenenamiento. Le sucedió Urbano VII, que también intentó reformar la orden jesuita, y también murió envenenado. Un tercer papa, Inocencio IX, también murió envenenado a los dos meses de ser nombrado, una vez más se acusó a los jesuitas de su muerte. Y aún hubo un cuarto caso, el de Clemente VIII (1592-1605), que amenazó con disolver la orden de los jesuitas a causa de las guerras que provocaban. Clemente VIII murió envenenado, igual que su sucesor, León XI, tras veintiséis escasos días de reinado.

El veneno se convirtió en Roma en uno de los instrumentos más eficaces para cambiar el poder del trono del Vaticano. Urbano VIII (1623-1644) consiguió el trono de Roma envenenando a sus competidores en el mismo cónclave.

Urbano VIII no tuvo reparos en unirse a los protestantes para combatir al cardenal Richelieu; tampoco tuvo reparos en hacer asesinar al joven Urbino, ni en condenar a Galileo Galiei, ni en quemar a miles de mujeres acusándolas de brujería. Le sucedió Inocencio X (1644-1655), papa que cometió incesto con la bella Olimpia, su hermana. Cuando murió nadie quiso pagar sus funerales, por lo que su cuerpo estuvo tres días tirado en palacio. Durante el reinado de su sucesor, Alejandro VII, los jesuitas incendiaron gran número de casas de Londres para aniquilar a los presbiterianos. Alejandro VII hizo la vista gorda a estos hechos y decidió trasladarse a Castelgandolfo, en donde se vio libre para celebrar numerosas orgías.

En el siglo XVIII el veneno continuó siendo una de las fórmulas más eficaces para terminar con los papas. Benedicto XIII fue envenenado por el cardenal Tournon, y su sucesor, Inocencio XIII, que anunció la reforma de la Compañía de Jesús, también murió envenenado.

Durante el reinado de Clemente XIII (1758-1769) la Compañía de Jesús se enfrentó a la bancarrota y el fraude en su propio seno y resultó abolida en Francia. La abolición se extendió rápidamente a otras regiones, de donde también fue expulsada, como España y los reinos de Nápoles, Sicilia, Malta y Parma. La orden fue acusada de perniciosa para la sociedad, sediciosa e instigadora de complots y corrupciones. Ante estos hechos tan claros, Clemente XIII anunció su abolición, pero murió el día antes de promulgarla, víctima de fuertes dolores estomacales. El veneno había actuado otra vez. Su sucesor, Clemente XIV (1769-1774), pareció ceder inicialmente ante el poder de los jesuitas, pero unos años más tarde suprimió a la Compañía de Jesús en todo el universo cristiano y arrestó al general de la orden, el jesuita Lorenzo Ricci, así como a los principales representantes de la orden. Tras esta decisión, Clemente XIV murió envenenado. Fue Pío VII (1800-1823) quien restableció a los jesuitas en toda Europa, por lo que se aseguró un reinado largo y unas digestiones seguras. Más tarde, con León XII (1823-1829), los jesuitas obtuvieron la exclusividad de la enseñanza en los estados de la Iglesia.

En España, Fernando VII restableció la Inquisición y los jesuitas de Valencia celebraron un acto de fe en el que quemaron a un pobre judío condenándolo por hereje. Con Gregorio XVI (1829-1830) llegaron nuevamente los escándalos sexuales al Vaticano. A este papa se le atribuye emborracharse con vino de Orvietu mezclado con champaña, y también la paternidad de los hijos de Cajetanina.

Dice el paleontólogo Robert Ardrey en *El génesis africano* que «nosotros provenimos de monos avanzados, no de ángeles caídos, y los monos eran, además, matadores armados. Así, ¿de qué nos asombramos? ¿De nuestros crímenes y matanzas, de los misiles y de nuestros ejércitos irreconocibles?». La historia de la Iglesia ha sido un abominable tránsito lleno de crímenes y matanzas, en su herencia arrastra ese terrible pecado del que nunca ha querido confesarse ni pedir perdón. Las costumbres y las actitudes de la curia no parecen actos angelicales, sino, más bien, todo lo contrario. Por ello no nos debe extrañar que a las puertas del siglo XX siguieran produciéndose hechos indignos en la casa de la religión católica.

Siglo xx: la colaboración con el nazismo

Pío IX (1846-1878) publicó su *Syllabus de los errores,* en donde condenaba la libertad de culto, insistía en el poder directo e indirecto de la Iglesia y en que ésta debía mantener su inmunidad, acusaba de división religiosa a otras religiones, consideraba a la religión católica como la única religión de estado y sostenía su oposición a pactar con el progreso, el liberalismo y la civilización moderna. Unas posturas que significaban un grave retroceso de la Iglesia, que perdía así una oportunidad de dar un salto adelante.

Su sucesor, León XIII (1878-1903), no fue tampoco muy progresista, a la vez que carecía de una visión política clara, ya que aún mantenía la idea conquistadora de cristianizar el Islam. En su carta encíclica *Rerum Novarum* mantuvo que era una inmoralidad extraer el feto del cuerpo materno en caso de peligro de muerte de la madre, lo que representó la muerte de muchas mujeres durante el parto, que así dejaban a su suerte tanto a su hogar como a sus otros hijos.

Tras la muerte de León XIII y elegido tras siete escrutinios, le sucedió Pío X (1903-1914). Entre los cambios interiores que realizó Pío X estuvo el de modificar el nombre de la Inquisición por el de «Santo Oficio». Pero sus ambiciones estaban puestas en otros aspectos de la política internacional, así que presionó a Austria para que declarase la guerra a Servia, con

Pío IX condenó la libertad de culto y se negó a pactar con el liberalismo y la civilización moderna.

la idea de crear un reino católico eslavo, cuya raza ascendería triunfalmente. Asoman en estas iniciativas unas claras tendencias racistas, peligrosas para el mundo y la humanidad. También dijo de la religión judía: «La religión judía fue la base de la nuestra, pero fue reemplazada por la doctrina de Cristo y no podemos adjudicarle su supervivencia ulterior». Con estas palabras Pío X había sembrado las semillas de Auschwitz, Dachau, Treblinka y Mauthausen.

Su sucesor fue Benedicto XV (1914-1922), que llegó al papado de Roma con un sospechoso antecedente, la muerte enigmática del cardenal Tarnasi, su más terrible opositor. Los rumores hacían responsable de esta muerte al Papa que alcanzó el trono de Roma tras diecisiete votaciones. Su postura en la Primera Guerra Mundial fue siempre al lado de las potencias centrales, hasta que éstas empezaron a perder la guerra y entonces se inclinó hacia las potencias del entente.

A Benedicto XV lo sucedió Pío XI (1922-1939), quien obtuvo el trono tras catorce votaciones. Si anteriormente a ser nombrado pontífice amenazaba con excomulgar a Mussolini, cuando accedió al trono de Roma pareció casi inmediatamente cambiar de opinión. Hemos de recordar que el Duce era un anticatólico visceral que escupía sobre los dogmas, utilizaba en público un terrible vocabulario soez y que, incluso, había escrito dos libros irreverentes hacia la Iglesia y la religión en general, *Dios no existe* y *La querida del cardenal*. Pero el odio que tanto Mussolini como Pío XI tenían por los comunistas unió a los dos jerarcas en un pacto antinatura. De manera que muy pronto Mussolini ordenó reponer los crucifijos en las escuelas y enseñar el catolicismo, al tiempo que ayudó al Vaticano cuando estuvo a punto de quebrar el Banco di Roma, en donde la Santa Sede tenía confiado su capital. El papa Pío XI le recompensó haciendo la vista gorda ante los crímenes y abusos provenientes del gobierno fascista, y también dando su apoyo a la cruenta y bárbara campaña militar de Mussolini en Abisinia, en donde se saqueó, se violó y se asesinó indiscriminadamente.

Pero a Pío XI le correspondió una época particularmente convulsa. Por entonces no sólo gobernaba Mussolini sino también se empezaban a mover estratégicamente Adolf Hitler y Francisco Franco en España. Pío XI apoyó de un modo descarado el ascenso de Hitler, legitimizándolo así. En España, tras el golpe de estado de Franco la guerra civil se había convertido en una cruzada anticomunista. Terminada la guerra, Franco se autonominó «Caudillo de España por la gracia de Dios», lo que le daba derecho a circular bajo palio, pese a haber fusilado tras la guerra a unas 200.000 personas. Pío XI se mantuvo en el más absoluto silencio: la primera bandera extranjera que había ondeado sobre el cuartel de Franco era la papal.

Pío XI, el papa
que decidió hacer
oídos sordos a los abusos
de Mussolini.

A Pío XI lo sucedió Pío XII (1939-1958). Este papa que llegó a Roma rodeado de una corte de prelados alemanes y de una monja, también de origen alemán, que pronto fue conocida en el ambiente de Roma como «La papisa». Pío XII fue un pontífice contradictorio, que condenó el método anticonceptivo de la temperatura basal, pero nada dijo sobre el genocidio de once millones de personas en los campos de concentración nazi. La aniquilación de comunistas, socialistas, liberales y judíos parece considerarse un bien para el mundo, una limpieza de tantos hombres que se opnían a la concentración de poder de la Iglesia cristiana. Muchos historiadores afirman que Pío XII se sintió jubiloso tras la invasión de Rusia, ya que Hitler estaba dispuesto a aplastar a todos aquellos rojos ateos. Como tantos otros papas en tiempos tumultosos, Pío XII hizo un llamamiento a la paz, pero al mismo tiempo manifestó su admiración por las cualidades del Führer, amenazando con que todo el que negase su obediencia incurría en pecado.

TODO LO QUE NO ES SAGRADO, ES SECRETO

Se sabe que Pío XII ordenó a su Secretaría de Estado y al padre general de los jesuitas, Wladimir Ledochowski, quien dirigía Radio Vaticano, que disminuyesen las críticas al Reich por la invasión del Polonia.

Su mutismo ante la muerte de millones de judíos y otras personas en los campos de concentración nazi proyectó un triste reflejo de él. Se sabe que la Iglesia ayudó a muchos jerarcas nazis después de la guerra, ocultándolos en conventos y proveyéndoles documentaciones falsas que les permitieron escapar de los tribunales de Nuremberg y establecerse en otros continentes, en una operación que se conoce con el nombre de Red Odessa.

En Cortile del Belvedere se encuentra el Archivo Secreto Vaticano, al cual se accede desde el puesto de vigilancia de Porta

Sant'Anna. Una parte de los nuevos locales están en el subsuelo del Cortile della Pigna y fueron inaugurados por el papa Juan Pablo II el 18 de octubre de 1980. En estos archivos se encuentra todo lo referente a las operaciones encubiertas de espionaje y contra-espionaje de la denominada Santa Alianza, el Sodalitium Pianum. Para el Vaticano, todo lo que no es sagrado, es secreto.

Por citar algunos asuntos interesantes, hablaremos del informe del obispo Alois Hudad, un texto que éste escribió para presentarlo a Adolfo Hitler y al papa Pío XII, en el que presentaba diversos alegatos en pro de la reconciliación entre la Iglesia católica y el régimen nacionalsocialista. El Papa ordenó que este documento fuese archivado en el llamado Archivo Secreto Vaticano. Esta decisión se tomó por el hecho de que el documento demostraba que Pío XII estaba al corriente de la llamada «Solución Final», sobre asesinatos y deportaciones masivas.

La colaboración con el nazismo es una grave mancha en la piel de la Iglesia católica. Muchas personas se alejaron de ella y abandonaron la fe en su religión por esta razón. Y, lo que es más triste, esa mancha amenaza con fortalecerse cada vez que se menciona la idea de beatificar a Pío XII.

LA RELACIÓN CON LA MASONERÍA

Una anécdota sobre la sucesión de Juan XXIII nos revela la influencia que la masonería empezaba a tener en el Vaticano, una influencia que se haría notar durante los años siguientes, especialmente durante al papado de Pablo VI. Tal como narra el libro de Eric Frattini *La Santa Alianza,* a finales de 1962 Juan XXIII vivía los últimos momentos de su pontificado, fallecía el 3 de junio y el trono de Pedro debía ser ocupado por un nuevo papa.

Días antes de recluirse en cónclave, los cardenales, liderados por Giacomo Lercaro, de Bolonia, se reunieron en Villa Grottaferrata, propiedad del masón Umberto Ortolani. Allí, protegidos por la noche y por los agentes de la Santa Alianza, el servicio secreto del Vaticano cuya misión era custodiar a sus eminencias antes de la reunión en la que debían elegir al nuevo pontífice, se decidió el nombre del cardenal a quien debían apoyar. El elegido fue Giovanni Battista Montini, arzobispo de Milán y a quien ya se había informado de la reunión en casa del famoso miembro de la masonería.

En la quinta votación del cónclave, que dio comienzo el 19 de junio de 1963, fue elegido papa el cardenal Giovanni Battista Montini, quien adoptaría el nombre de Pablo VI. Tras la coronación nueve días después, la primera decisión del nuevo papa fue recompensar la hospitalidad del masón Ortolani nombrándolo «gentilhombre de Su Santidad».

EL ESCÁNDALO PROPAGANDA DUE

El asunto de la logia masónica Propaganda Due (P2) y su relación con el Vaticano es, sin duda, uno de los escándalos más impactantes del siglo XX en el seno del catolicismo.

La logia Propaganda Due tenía un carácter secreto con el fin de que pudieran iniciarse en ella personajes públicos sin que su paso por la masonería transcendiese al dominio popular. Se trataba de una organización en la que los hermanos masones afiliados no estaban obligados a participar en los trabajos del taller ni a figurar en listas oficiales; la ceremonia de iniciación había consistido en muchos casos en la firma de unos documentos en la habitación de un hotel, sin ningún tipo de ritual masónico.

Hasta aquí parece no haber nada especialmente particular al respecto. Pero pronto apareció un personaje que cambiaría el contexto tras infiltrase en las más altas cotas del poder político y militar e incluso en los servicios secretos de Italia, para conseguir extender su influencia hasta el Vaticano, creando en su interior una logia masónica. Este personaje fue Licio Gelli. En 1966, Gelli alcanzaba el grado de maestro y se incorporaba a la logia secreta Propaganda Due.

En 1969 Gelli inició a 400 oficiales del ejército y varios diputados democristianos para preparar con ellos un golpe de estado en la Italia turbulenta de aquellos años. En 1971 las actividades de la P2 no había sido bien vistas por el resto de la ma-

Licio Gelli, gran maestre de la logia P2.

sonería, pero Gelli, tras acusaciones y denuncia contra hermanos masones, se hizo con el poder de la P2 sin ningún tipo de restricción.

El gran escándalo fue en los años 1973 y 1974, a raíz de que se conocieran de manera pública las estrechas relaciones que mantenía con el Vaticano el financiero y miembro de Propaganda Due Michele Sindona. Para entonces, la P2 era la logia más poderosa de Italia, con el mayor tráfico de influencias y una gran influencia. En 1981 la presidencia del Consejo italiano publicó una lista con los nombres de más de mil miembros de esta logia, en donde figuraba un gran número de industriales, empresarios y funcionarios del estado. En la lista abundaban los nombres de directivos de importantes firmas, miembros de los servicios secretos y militares de alta graduación, así como miembros del Ministerio de Defensa, jueces, banqueros, embajadores y políticos de casi todos los partidos, incluyendo diputados y senadores. Incluso recogía personajes secundarios en aquellos tiempos, pero importantes ahora, como Silvio Berlusconi.

La relación con el Vaticano se estableció a través de Roberto Calvi, que era director adjunto en el Banco Ambrosiano, una entidad perteneciente a una red creada por católicos del norte de Italia. En 1956 Calvi se hizo amigo de Michele Sindona. Ambos conectaban en diversas operaciones con el Instituto per le Opere di Religione, el IOR del Vaticano. Ambos solicitaron su ingreso en la Propaganda Due de Licio Gelli. A partir de su ingreso el centro de la Santa Sede, IOR, banco propiedad del Papa que operaba a través del tráfico de influencias y blanqueo de dinero de la P2.

Cuando el gobierno socialista italiano decidió privar a la Santa Sede de su exención total de impuestos, el Papa ordenó la venta de activos mobiliarios de la Administración del Patrimonio de la Sede Apostólica, ASPA, y del IOR. Michele Sindona fue la persona encargada de cerrar la operación, tras lo cual se ganó la aceptación del papa Pablo VI. A partir de ese momento el Papa nombró a monseñor Capri secretario de la ASPA y al obispo norteamericano Paul Casinir Marcinckus, secretario del IOR. Marcinckus, que era un empedernido fumador y bebedor de whisky, fue seducido por Sindona y Calvi, cerrando importantes operaciones bancarias del Vaticano que Sindona y Calvi agradecieron invitándolo a un viaje a las Bahamas.

Paul Casinir Marcinckus había nacido y se había criado en Cicero, el suburbio de Chicago en donde también naciera el famoso capo-mafia Al Capone. Mientras que al último lo llamaban «Cara cortada», a Marcinckus lo llamaban por los pasillos del Vaticano «El gorila». Marcinckus almacenaba toda la información en su extraordinario cerebro, lo más próximo a un computador humano que tenía el Vaticano. Se asegura que por aquellos tiempos las reservas de oro del Vaticano en Fort Knox superaban

Tres protagonistas del escándalo
Propaganda Due.
Arriba izquierda: el cardenal
Marzinkus.
Arriba derecha: Michele Sindona.
Izquierda: Roberto Calvi.

los 3.000 millones de dólares. De manera que Casini Marcinckus fue elegido para asumir el control de más dinero del que manejaban muchos bancos privados del mundo. Marcinckus decía, bromeando, que sólo respondía ante el Papa y ante Dios.

Marcinckus se embarcaba cada vez en operaciones financieras más imprudentes y peligrosas, que implicaban muchas veces tráfico de divisas al extranjero y también en manejos de carácter político, como fue la financiación de la vuelta del general Juan Domingo Perón al poder en Argentina.

Pronto Sindona cometió gran número de fraudes fiscales, lo que hizo sospechar a la policía italiana. Los movimientos financieros de Sindona, Calvi y Marcinckus desembocaron en algunos asesinatos sospechosos. Al quebrar los negocios de Sindona en Europa todas las sospechas recayeron sobre el Banco Ambrosiano y el IOR. Sindona huyó primero a Extremo Oriente y más tarde se refugió en Estados Unidos. Mientras Marcinckus y Roberto Calvi capeaban el temporal como podían, Gelli trataba de ganar poder realizando compras de periódicos.

El papa Pablo VI ya estaba al corriente de la catastrófica situación que asociaba las finanzas del Vaticano con la masonería y con mafiosos especuladores. Fue el dirigente de la Democracia Cristiana Aldo Moro quien reconoció públicamente que personalidades de la Iglesia y de su partido fomentaban la corrupción, el robo y el engaño. Curiosamente, poco después de su firme intento por desentrañar estos hechos, Moro fue secuestrado y sus cinco guardaespaldas fueron asesinados por las Brigadas Rojas. Todo hacía prever un fatal desenlace. Pablo VI, que era amigo personal de Moro, intentó usar su influencia para salvarle. Pero nada se pudo hacer y el dirigente democristiano resultó ejecutado por sus raptores tras ser torturado, posiblemente con el fin de averiguar cuánto conocía sobre los implicados y el *modus operandi* de las turbias operaciones especulativas y financieras.

El decreto *Dignitatis humanae*

El 7 de diciembre del año 1965, en el marco del Concilio Vaticano II, Pablo VI presentó su progresista *Dignitatis humanae*. *Dignitatis humanae* es una declaración sobre la libertad religiosa y establece el núcleo esencial de la antropología moderna al sostener que la dignidad de la persona humana se fundamenta en la libertad. Podría decirse que se trata de todo lo contrario al *Syllabus* del beato Pío IX. En la proclamación de Pablo VI el Santo Pontífice expresa claramente la dignidad de las personas y el derecho a la libertad social y civil en materia religiosa. Esta propuesta se aprobó con 70 votos en contra, muchos procedentes de los obispos españoles, y 1.300 votos a favor.

Con el Vaticano II se consagraba un principio que ya estaba en la Declaración de los Derechos Humanos. Y se enfrentaba a la teoría de Pío IX de que «el error no tiene derechos», lo que permitía a la autoridad papal impedir actuaciones en contra de la verdadera religión, llegando a poder aplicar castigos.

DOS PAPAS MUERTOS Y EL FINAL
DE LOS ESCÁNDALOS FINANCIEROS

Tras la muerte de Pablo VI, subió al trono de Roma Juan Pablo I. Este papa resolvió casi inmediatamente realizar una limpieza a fondo de los «financieros» del IOR y el Vaticano. Pero Pablo I murió misteriosamente a los treinta y tres días de su reinado. Tan misteriosa fue su muerte que ningún médico quiso firmar el acta de defunción con las causas que se les proponía. Esta historia ya la abordaremos más adelante.

Mientras Juan Pablo II era elegido sucesor, en Roma acaecían hechos sorprendentes con relación a la P2. Un periodista moría asesinado días antes de que se entrevistase en secreto con Licio Gelli. Michele Sindona era encarcelado y, en marzo de 1986, era encontrado muerto debido a la ingesta de cianuro en una dosis cien veces superior a la mortal. También moría asesinado un fiscal encargado de los escándalos financieros de la IOR, Giorgio

Ambrosoli, y eran abatidos a tiros el teniente coronel de los servicios de seguridad de Ambrosoli y el investigador de la policía siciliana Boris Giuliano, colaborador de Ambrosoli. Finalmente, fue destrozado a balazos el juez Amilio Alessandrini, encargado de los sumarios del escándalo financiero.

Ante aquella oleada de crímenes y después de que le fueran confiscados los documentos de la P2, Licio Gelli abandonó Italia. Calvi fue detenido, pero antes Marcinckus había conseguido que firmase un documento que exoneraba al IOR del escándalo financiero y de toda responsabilidad, algo que ningún medio informativo, político y policial jamás creyó. Calvi fue encontrado ahorcado en el puente de Blackfriars de Londres, colgado de una viga y con los bolsillos llenos de piedras.

Gelli fue detenido y, tras varias fugas rocambolescas, en el año 2000 fue ingresado en el hospital de Florencia debido a una osteoporosis. Para entonces ya tenía ochenta y dos años.

Paul Marcinckus fue destituido de todos sus cargos y obligado a vivir dentro del Vaticano el resto de sus días, ya que tanto la Interpol como el FBI tenían una orden de arresto que se haría efectiva si abandonaba su refugio en la Ciudad Santa.

La logia secreta del Vaticano

A pesar de tanta brutalidad y muerte, el escándalo económico y la misteriosa muerte del papa Juan Pablo I, que veremos con más detalles seguidamente, no fueron los hechos más impresionantes en los que se viera involucrado el Vaticano durante el siglo XX. Al parecer, en el interior de la Santa Sede se había constituido una logia secreta.

Aldo Mora, historiador masónico bastante riguroso, sugiere que Pablo VI fue iniciado en la masonería. Lo mismo corrobora el padre Malachi Martín en su novela publicada en Nueva York en 1986, *Vatican,*[1] donde acusa a Pablo VI de pertenecer a una logia secreta. También encontramos referencias similares en el libro *All'ombra del Papa infermo,*[2] en donde se menciona la existencia en el Vaticano de dos grupos muy diferenciados: por un lado, el grupo «masónico-curial», formado por prelados y miembros de la curia afectos a la masonería, y por el otro, los sacerdotes que pertenecen al Opus Dei. Ambos grupos se mueven en una lucha permanente por el poder del Vaticano. El libro en cuestión hace referencia a la existencia de una organización llamada Logia Ecclesia, que estaría activa en el Vaticano desde 1971 y de la que forman parte más de cien personas entre cardenales, prelados y monseñores de la curia. El libro detalla incluso que las reuniones se realizaban los viernes por la noche en un sótano del Archivo Secreto del Vaticano, e insinúa que el cardenal Samore era el encargado en mantener un contacto abierto con el gran maestro de la Gran Logia Unida de Inglaterra, el duque de Kent.

En 1976 aparece en internet[3] una lista de prelados que pertenecen a la citada logia secreta del Vaticano. En este contexto el cardenal Siri, encargó al general Mino una investigación sobre la curia y la posible infiltración de la masonería en el Vaticano. El general Mino no pudo nunca entregar el resultado de su investigación, ya que en 1977 murió de una extraño accidente de automóvil.

---

1. Editorial Secker y Warbug.
2. Publicado en el 2001 por un grupo que firma con el seudónimo de «Discípulos de la Verdad», posiblemente emulando a aquel grupo que creó Gurdjieff con el mismo nombre.
3. Publicada por *Publia Gazette,* y la francesa *Bulletin de l'Occident chrétien.* Lista que reproduce Ricardo de la Cierva en su libro *La masonería invisible*, Editorial Fénix, 2002.

La citada lista que el grupo Cephas Ministry publica en internet incluye los siguientes nombres:

OBISPOS

- Alberto Albondi, obispo de Liborno.
- Fiorenzo Angelini.
- Salvatore Baldassarri, obispo de Ravenna.
- Luigi Bettazzi, obispo de Ivera.
- Gaetano Bonicelli, obispo de Albano.
- Michele Buro.
- Mario Ciarrocchi.
- Donate De Bous.
- Aldo Del Monte, obispo de Novara.
- Angelinin Fiorenzo.
- Antonio Mazza, obispo de Velia.
- Luigi Maverna, obispo de Chiavari.
- Marcello Morgante, obispo de Ascoli Oiceno.
- Francesco Salerno.
- Mario Schierano, obispo de Acrida.
- Dino Trabalzini, obispo de Rieti.

ARZOBISPOS

- Mario Brini.
- Annibale Bugnini.
- Enzio D´Antonio.
- Alessandro Gottardi.
- Albino Mensa.
- Aurelio Sabbatini.
- Mario Guiseppe Sensi.
- Antonio Travia.
- Lino Zanini.

CARDENALES

- Agustín Bea.
- Sebastiano Baggio.
- Agostino Casaroli.
- Achille Lienart.
- Pasquale Macchi.
- Salvatore Pappalardo.
- Michele Pellegrino.
- Ugo Peletti.
- Leo Suenens.
- Jean Villot.

PRELADOS, NUNCIOS Y OTROS

- Ernesto Basadonna, prelado de Milán.
- Mario Bicarella, prelado de Vicenza.
- Luigi Dadagio, nuncio del Papa en España.
- Pio Laghi, nuncio apostólico delegado en Argentina.
- Virgillio Levi, de L´Osservatore Romano.
- Paul Marcinckus.
- Dante Pasquinelli, Consejero del nuncio de Madrid.
- Roberto Tucci, director de Radio Vaticano.

En las actualidad algunos de ellos han fallecido y otros ya no ocupan los cargos en los que la lista los catalogó en aquel tiempo. La lista publicada en internet asciende a 116 miembros de la curia.

LA MISTERIOSA MUERTE DE JUAN PABLO I

Juan Pablo I pasó por el Vaticano tan fugazmente como un meteorito. Fue elegido tanto por su honestidad como por su sinceridad; era un hombre consecuente y franco, pero sus detractores veían en él a un pueblerino que nunca entendería los asuntos políticos de la Santa Sede.

Juan Pablo I era un hombre de gran humildad, hasta el punto que no permitió nunca que los guardias suizos del Vaticano se prosternasen a su paso. Inmediatamente después de ocupar el trono del Vaticano, comenzó a dar lugar a unas innovaciones teológicas que produjeron profunda preocupación entre el clero conservador, que no estaba dispuesto a tolerar cambios relevantes. Juan Pablo I era partidario del control artificial de la natalidad, ya que era consciente de que millones de niños morían por desnutrición en el mundo. Pero también, y esto desató aún más preocupación, se manifestó dispuesto a llevar a cabo una depuración en el Vaticano, especialmente relativa a los movimientos especulativos y financieros. Probablemente su error fue anticiparse a los hechos al anunciar que iban a caer algunas cabezas. En la lista figuraba el cardenal secretario de Estado, el masón J. Villot, de quien se sospechaba que formaba parte de una logia masónica de Zurcí desde el año 1966 y que ocupaba un cargo elevado en la presunta logia masónica del Vaticano, conocida como Ecclesia. Otra cabeza que podía caer era la del obispo Marcinckus, debido a sus relaciones con los banqueros de la logia Propaganda Due Calvi y Sindona. También figuraba entre los «sucios» el obispo de Chicago, monseñor Cody, de quien se aseguraba que gastaba los fondos de su iglesia con una amiga que incluso lo acompañó a Roma con motivo de su nombramiento cardenalicio.

Con sus nuevas ideas teológicas y la «limpieza» de corruptos en el Vaticano, Juan Pablo I firmó su sentencia de muerte.

Alrededor del 23 de septiembre el papa Juan Pablo I contaba con abundante información sobre las maniobras financieras del Vaticano. Incluso disponía de referencias sobre otro oscuro personaje que se movía entorno a las finanzas del Vaticano, monseñor Pavel Hnilica.

Pavel Hnilica, fundador de Pro Fratibus, fue responsable de intentar recuperar la cartera que Roberto Calvi llevaba consigo antes de ser asesinado en Londres. Hnilica estaba dispuesto a pagar millones por esta cartera en donde, se supone, Calvi llevaba información valiosa y comprometedora.

El 28 de septiembre de 1978 fue el último día de la vida de Juan Pablo I. Aquel día, como los demás, lo inició con una oración en su capilla privada, un desayuno frugal mientras escuchaba los informativos de la RAI y la habitual toma de contacto con sus secretarios John Magee y Diego Lorenzi. Luego vinie-

Juan Pablo I murió misteriosamente un mes después de ser nombrado papa, en septiembre de 1978.

ron las audiencias con el cardenal Bernardin Ganti y el padre Riedmatten. Más tarde almorzó con los cardenales Jean Villot y los padres Lorenzi y Magee. Tras el almuerzo hizo un paseo por los jardines del Vaticano. Durante toda la tarde estuvo revisando documentos, luego habló bastante con el cardenal Jean Villot, y también se comunicó por teléfono con los cardenales Giovanni Colombo, arzobispo de Milán, y Benelli. Luego, como tenía costumbre, sobre las ocho de la tarde, se retiró a rezar el rosario en compañía de dos monjas y sus dos secretarios. La cena fue una sopa a base de pescado, judías verdes, queso fresco y fruta. Luego volvió a ver por la televisión los informativos. Finalmente se retiró a su dormitorio y murió alrededor de las cuatro de la madrugada.

Su muerte se encubrió desde un principio con un sinfín de explicaciones confusas y mentiras. El Vaticano expresó que Juan Pablo I había muerto en la cama leyendo *La imitación de Cristo* de Tomás de Kempis, una de las obras de la literatura cristiana más difundida después de la Biblia y en donde el autor presenta la vida de Cristo como ejemplo. Sin embargo, más tarde se supo que aquello no era verdad. La madre Vicenza lo encontró muerto en su escritorio, supuestamente mientras examinaba un documento secreto procedente de la Secretaría de Estado. Sí era verdad que en su mesilla de noche tenía el libro *La imitación de Cristo*. Lo cierto es que la causa de la muerte de Juan Pablo I no fue aclarada, y que el testamento que había escrito en el Vaticano después de su nombramiento desapareció. Su hermano Eduardo, de setenta y cuatro años de edad, había ido a visitarle tres días antes de su muerte, sobre lo cual explicó: «Nunca nos habíamos besado ni abrazado, pero aquella tarde él quiso besarme y me abrazó con fuerza. Le pregunté si estaba bien y me dijo que sí. Pero yo me fui con un extraño presentimiento». Eduardo relata que a lo largo de la conversación con su hermano éste le confió: «Hasta los bancos fundados por los católicos y que deberían disponer de gente de confianza se apoyan en personas que de católicos no tienen ni el nombre».

El abad Ducaud-Bourget diría sobre la muerte de Juan Pablo I: «A la vista de todas las criaturas del diablo que moran en el Vaticano, resulta muy difícil creer que se trató de una muerte natural». David A. Yallop investigó esta muerte a fondo y recordó en una entrevista que se le hizo que ningún médico de la curia asumió la responsabilidad de dar fe de su muerte extendiendo el certificado de defunción. Su médico de toda la vida, el doctor Antonio Da Ros, rechazó que el Papa sufriera del corazón.

Pero éstas no fueron las únicas controversias que suscitó la muerte del entonces papa Juan Pablo I. En su libro *La Santa Alianza*, Eric Frattini explica que el termo de café que cada mañana llevaba sor Vicenza al pontífice estaba intacto cuando se descubrió el cadáver y que desapareció después sin dejar rastros. También se habían retirado los hombres que se encargaban de la vigilancia ordinaria del Papa, sin dilucidarse nunca quién había dado la orden de aquella retirada. Hans Roggan, oficial de la Guardia Suiza, manifestó más tarde que cuando informó a Paul Marcinckus sobre la muerte del sumo pontífice, éste no dio muestras de ninguna extrañeza. También hubieron otros aspectos dudosos, como que se informara de que no se había realizado ninguna autopsia, cuando en realidad se habían hecho tres. Los resultados de dichas autopsias nunca se hicieron públicos.

Recordemos finalmente que fue el padre Giovanni Da Nicola quien informó al sumo pontífice de las malversaciones financieras realizadas por Paul Marcinckus y sus socios a través del IOR. Cuatro días después de la muerte de Juan Pablo I, Giovanni Da Nicola apareció ahorcado en un parque de Roma muy concurrido por travestís y prostitutas. Había rastros de lucha y tenía el cuello roto, pero la policía italiana cerró el caso considerándolo como suicidio. El hombre que, junto al Papa, más sabía de los secretos del IOR y sobre Paul Marcinckus, también había sido asesinado.

Para averiguar las causas de la muerte del papa Juan Pablo I, se creó una comisión cardenalicia, dirigida por los cardenales Silvio Oddi y Antonio Samore. La investigación concluyó que había sido una «muerte natural por infarto», aunque quedaban muchas preguntas sin respuesta y demasiados asuntos sin esclarecer. El dossier de la investigación fue clasificado como «secreto pontificio» según ordenara Juan Pablo II y fue trasladado a un oscuro rincón del Archivo Secreto del Vaticano.

EL ÚLTIMO PAPA Y EL FIN DE LA IGLESIA

CAPÍTULO 3

EL SIGLO XXI: LA IGLESIA CONTRA EL MUNDO

El gran problema de la Iglesia hoy en día no es la moral
sexual, ni la bioética, ni la defensa a ultranza de la vida, sino
despertar la sed de Dios que no tienen los hombres
y mujeres de nuestro tiempo.

RAFAEL SANUS ABAD, obispo auxiliar emérito de Valencia

La religión no se defiende tomando las armas.
La religión la han propagado los mártires,
los confesores, los misioneros; pero no los
guerrilleros y muy poco los teólogos.

MANUEL AZAÑA

LA CRISIS RELIGIOSA ACTUAL

Atravesado el umbral y la puerta, ya de lleno en este siglo XXI, nos encontramos con dos miradas y dos tipos de comportamientos diferentes sobre el mundo de la fe, de las religiones y del hombre religioso. Por un lado, se hace evidente una postura absolutamente intransigente que parece conducir al fundamentalismo; por el otro, se evidencia un hombre esperanzado en una integración de las filosofías espirituales. Como dijo Kierkegaard, nos encontramos atrapados entre dos visiones del mundo, una ya agonizante y otra luchando por nacer.

El catolicismo sufre uno de sus momentos históricos más difíciles y comprometidos, una crisis que le asfixia al intentar mantener un pasado que ya no tiene vigencia en este presente y que amenaza seriamente al futuro.

Por una lado se levanta una mística autoritaria. Esta mística se mantiene desde el Vaticano y es seguida por unos misioneros timoratos; la invoca un clero conservador, además de anciano, la rechaza un clero joven y comprometido socialmente con el pueblo, la cuestiona y se opone a ella un grupo de teólogos cada vez más influyentes.

Por otra parte, tanto en Europa como en América nuevas prácticas religiosas se fortalecen y se convierten en una competencia feroz para la Iglesia católica tradicional. Esas nuevas iglesias comprenden desde los evangelistas estadounidenses hasta nuevas prácticas basadas en el chamanismo ancestral. También los grandes movimientos emigratorios característicos de este nuevo milenio han propagado por diversos continentes un Islam poderoso y populista.

Si bien la relación con las religiones y filosofías orientales no comporta un gran problema para la Iglesia católica, sí puede convertirse en enfrentamiento cuando se trata de los fundamentalismos islámicos o del judaísmo conservador. Lo cierto es que las nuevas religiones y filosofías implican la vigorización de unas prácticas y creencias que, en general, resultan mucho más sensibles que la Iglesia católica a las necesidades de los creyentes. Las nuevas religiones parecen ofrecer lo que la Iglesia católica es incapaz de dar porque hay realidades que es incapaz de aceptar: desde un contacto más directo con el creyente hasta una espiritualidad más sincera que llega a través de las propias experiencias de los fieles.

Las nuevas creencias ofrecen respuestas a sus seguidores. Priorizan la experiencia propia y el encuentro con el propio yo interior, que en muchas ocasiones no es otra cosa que la presencia de Dios en uno mismo. De ese modo dan cobijo a todos aquellos que desconfían de las grandes religiones o de sus prácticas tradicionales porque, como en el caso del catolicismo, no encuentran en ellas un ejemplo ético y moral, debido a la contradicción que supone haberse rodeado de tanta pompa y riqueza, o por la prepotencia de sus prelados o los escándalos sexuales de los últimos años.

El siglo XXI se presenta como un escenario de fieles decepcionados y nuevas propuestas religiosas que ofrecen contención, mientras los fundamentalismos acechan con sus grandes dosis de intolerancia.

Las nuevas creencias ofrecen un ejercicio de la religión muy distinto del frío rito y las historias infantilizadas en las que se sostienen las grandes religiones como el cristianismo, el judaísmo o el Islam. Ante todo, las nuevas prácticas intentan que el creyente empiece por conocerse a sí mismo, por buscar en su interior y por realizar un ejercicio mental e iniciático más allá de la presencia en el templo una vez a la semana. Los nuevos creyentes parecen tener más facilidad en entenderse con el hinduismo, el budismo, el sufismo u otras tradiciones minoritarias que alcanzan una vivencia religiosa mucho más profunda que la que pudo lograr la propia Iglesia católica en sus casi dos mil años de dominación en Europa.

La Iglesia católica es la primera en advertir sobre el peligro del fundamentalismo de muchas de las religiones que se han incorporado a la civilización occidental. Lo hace sin detenerse en el hecho de que una parte influyente de su propio clero es extremadamente fundamentalista, aunque se prefiera el eufemismo del adjetivo «conservador». Fundamentalismo es pretender imponer por la fuerza la propia verdad. En demasiadas ocasiones el catolicismo ha hecho gala de una actitud de intolerancia semejante, y con ello se ha alejado de un posible diálogo con otras religiones e incluso con los laicos.

El catolicismo tiene que empezar por aceptar —como le han insinuado muchos de sus teólogos, que en muchas ocasiones resultaban castigados por ello— que ninguna religión es la única religión verdadera y que, por supuesto, ninguna religión posee carácter absoluto. Como sostienen muchos teólogos, incluidos algunos católicos, todas las religiones son tanto o más verdaderas cuanto más se comprometen con los derechos humanos, estos derechos están hoy afirmados en todas las constituciones, desde la de las Naciones Unidas, hasta las constituciones las nacionales de los países del mundo.

La Unión Europea, su Constitución y el Vaticano

El texto de la Constitución Europea fue una importante fuente de asperezas con el Vaticano debido a que los países de la Unión Europea apoyaban la necesidad de afirmar estados laicos. La Constitución Europea se firmó en Roma el 29 de octubre de 2004, junto a la estatua del belicoso y conservador papa Inocencio X y la del papa que condenó a Galileo Galilei, Urbano VIII. El Vaticano

El Vaticano no logró imponer su deseo de que en la Constitución Europea se reconociera la herencia «cristiana» de Europa. En la imagen, acto fundacional de la CEE.

intentaba a toda costa que en el preámbulo de la Constitución Europea figurara la frase «la herencia cristiana de Europa», mientras que el texto redactado sólo reconocía «la herencia cultural, religiosa y humanista de Europa». Desde la primavera de 2002 el Vaticano venía exigiendo una referencia a la «herencia cristiana», una mención que era inconcebible por ejemplo para Francia, ya que su estado laico no admite una referencia religiosa concreta.

La presión del Vaticano fue terrible sobre todos los miembros que redactaban el texto de la Constitución y, particularmente, sobre los presidentes de los países europeos en los que el cristianismo tiene más fuerza, como son Italia, España y Polonia. La presión llegó al punto de que el papa Juan Pablo II transmitió personalmente su exigencia a Valéry Giscard d´Estaing, presidente de la convención encargada de la redacción y puesta a punto del acuerdo. Polonia, patria del papa Juan Pablo II, fue uno de los países que más presionó, y España, a través del Partido Popular, presentó un texto alternativo en proponía la siguiente frase: «Inspirándose en las herencias culturales, religiosas, especialmente cristianas y humanista de Europa...», una fórmula que apoyaba también Portugal, la República Checa, Malta, Eslovaquia y Lituania. Pero el grupo opositor, encabezado por Francia, Bélgica y Holanda y con el soporte tácito de Inglaterra, no cedió. Incluso entró en el debate Turquía, que aún no era miembro de la unión, cuya voz se dejó sentir diciendo que «la Unión Europea no es un club cristiano». El texto recoge finalmente el hecho religioso sin mencionar una religión en concreto, aunque, curiosamente, la traducción española no es igual que la francesa e italiana. Así la versión española habla de «la herencia cultural, religiosa y humanista de Europa...», mientras que las versiones francesa e italiana están en plural (culturales y religiosas), lo que supone una mención que abarca a todas las religiones.

La no inclusión de una mención explícita al cristianismo en la Constitución Europea afectó hasta tal punto al clero conservador, que la Iglesia en España decidió abstenerse ante la votación de la Constitución, lo que representó un anuncio furtivo hacia todos los cristianos para que adoptasen una postura similar.

La Iglesia católica tampoco tiene razón al afirmar que existen unas raíces cristianas comunes en Europa. Las raíces religiosas de Europa no son cristianas, sino celtas y, por tanto, druídicas, en especial en Francia, en donde se asentó la cultura gala, sin mencionar a los países nórdicos, cuyas prácticas religiosas más antiguas preceden en varios siglos al cristianismo. Como bien explican Robert Graves en *La Diosa Blanca* y Ean Begg en *Las Vírgenes Negras,* al establecerse en Europa en los primeros siglos de la era cristiana, el cristianismo abrazó en su seno los ritos y celebraciones paganas, reformándolos y convirtiendo a aquellas diosas y dioses en santas y santos propios. Bajo las grandes

El cristianismo supo abrazar en su seno las celebraciones y los ritos paganos, convirtiendo a dioses y diosas en santos y santas.

catedrales de Europa se pueden encontrar antiguas ermitas góticas y bajo éstas viejos templos romanos construidos sobre templos paganos que, en algunas ocasiones, se elevan sobre un dolmen. De hecho, en Andalucía y en otras parte de España, se llegaron a construir ermitas e iglesias sobre las ruinas de mezquitas mahometanas, como es el caso de la Giralda.

El Vaticano también se opone a ciertas leyes que promulgan algunos países de la Comunidad Europea, aquéllas que impulsan el matrimonio homosexual, que sostienen el divorcio o permiten el aborto y la utilización de medios anticonceptivos, así como la experimentación científica con embriones.

UNA PASTORAL ESPAÑOLA CARGADA DE REALISMO

El desconcierto ante las posturas conservadoras del Vaticano ha encendido la crítica de muchos teólogos que, de forma explícita, han sido acallados y expulsados de sus cátedras de enseñanza católica. Pero también existe desasosiego y desmoralización entre las bases del catolicismo. Como consecuencia de ello, el 12 de febrero de 2005 los prelados de Navarra, Bilbao, San Sebastián y Vitoria hicieron pública una pastoral en la cual reflexionaban sobre la Iglesia católica de un modo radical, profundo y detallado. Nunca antes había salido desde sus mismas filas un documento describiendo una situación tan cruda y sombría para la Iglesia, ni en Europa ni en América. No era la primera vez que una pastoral de los prelados españoles causaba desconcierto, pero anteriormente el carácter de tal declaración había sido preeminentemente político. En esa ocasión se trató de la pastoral de junio de 2002, en la que los prelados del País Vasco se pronunciaron en contra de la ilegalización de Batasuna, lo cual originó una protesta formal del Partido Popular al nuncio del Vaticano y la calificación de «inmorales» a los obispos que la escribieron por parte del entonces presidente del Gobierno, José María Aznar.

La pastoral de febrero de 2005 no tenía un carácter político; era, más bien, una recriminación a la actitud del Vaticano ante distintas cuestiones de la realidad religiosa del mundo actual. La pastoral apunta las dificultades que tiene la Iglesia católica para «acertar con la palabra adecuada a su mensaje», ya que, según aseguran los firmantes, resulta penoso comprobar que nadie sabe con claridad qué es lo que tiene que hacer. Para los obispos la

La Iglesia católica adolece no sólo de falta de fieles, sino de la mengua de vocaciones. En la imagen, Juan Pablo II en audiencia en un monasterio.

situación actual lleva a una tristeza que provoca la muerte en muchos ambientes. Así, declararon: «El presente es crudo, el futuro es sombrío. El pesimismo prevalece, la autoestima colectiva decrece». La pastoral advierte que «por primera vez en la historia a partir del siglo IV, la Iglesia católica y las demás Iglesias cristianas viven en muchas regiones de Europa una situación de minoría cada vez más próxima a la diáspora». La misma pastoral analiza las causas de esta situación y la atribuye a «la mediocridad de los cristianos, los escándalos de personas y grupos eclesiales, la visión corta de sus pastores, la falta de valentía para renovaciones de calado». Todo ello indudablemente como consecuencia de «que se contempla a la Iglesia como una institución anquilosada y aferrada a su propio pasado».

Sin duda, la pastoral de febrero de 2005 es valiente y realista. Describe una situación real, una crisis difícil por la que atraviesa la Iglesia católica y que únicamente podrá superarse mediante un giro moderno y realista de su política en el mundo actual. Un giro que no podía dar en aquellos momentos el papa Juan Pablo II, carente de la fuerza, la lucidez y el poder necesarios para un cambio tan profundo. (También conviene recordar que en aquel mismo mes de febrero el cardenal Ratzinger castigaba por hereje al teólogo jesuita Roger Haight, al hacer éste afirmaciones contrarias a la divinidad de Jesús, la Trinidad, el valor salvífico de la muerte de Jesús, la unicidad y la universalidad de la mediación salvífica de Jesús y de la Iglesia, y la resurrección de Cristo.)

LA ESTADÍSTICA DE UNA RELIGIÓN EN APOGEO

Una cosa son las cifras generales que baraja el Vaticano y muchas otras religiones, la otra es la realidad de esas cifras. Durante el franquismo, España engrosaba la cifra de católicos en el mundo con sus 30 millones de fieles: todos los españoles eran católicos. Sin embargo, la realidad era muy distinta, una cosa es estar bautizado por imperativo legal y otra distinta, practicar y ser creyente de una religión.

Las cifras que se barajan sobre las diferentes religiones en el mundo, especialmente las cristianas, duelen ser relativas. En ocasiones, el cristianismo ha considerado que casi todos los habitantes de una nación, por ser la religión cristiana la imperante, eran cristianos. A la hora de la verdad, la realidad es completamente distinta.

La Iglesia católica asegura que acoge a 350 millones de fieles en Latinoamérica, otros 303 millones en Europa, 112 millones en África, 102 millones en Asia, 74 millones en Norteamérica y

En la Dieta de Worms (1521), Lutero (en el centro) sostuvos sus tesis.

unos 8 millones en Oceanía, lo cual suma un total de alrededor de mil millones de fieles en el mundo. A finales del siglo XX contaba con 4.439 obispos, 404.626 sacerdotes y 814.779 religiosas profesas.

Siguiendo con las cifras mundiales del cristianismo tenemos que los uniatas, iglesias de Oriente en comunión con Roma, cuentan con unos 16 millones de fieles; los ortodoxos de la tradición bizantina tienen 200 millones de fieles; los nestorianos, cristianos pertenecientes a la Antigua Iglesia de Oriente, tienen 3,5 millones de fieles; los monofisitas, que reconocen en Cristo una única naturaleza divina, cuentan con 25 millones de fieles en Oriente; los protestantes, que se separaron de la Iglesia de Roma en 1529, cuentan con 500 millones de fieles; los luteranos, que agrupan a unas 147 iglesias distintas, cuentan con 61 millones de fieles; los calvinistas o reformadores tienen 50 millones de fieles; los anglicanos, 70 millones de fieles; los metodistas, 50 millones; los pentacostales, 200 millones; los baptistas, 38 millones de fieles; los adventistas, 5 millones de fieles; la Iglesia valdense, 50.000 fieles; los menonitas, 1,4 millones de fieles; los mormones, 1,5 millones de fieles; y los Testigos de Jehová, 3 millones de fieles.

Vemos que el cristianismo comporta un mosaico de cifras. Otras religiones también tienen mosaicos parecidos que no desglosaremos aquí, aunque a grandes rasgos diremos que el judaísmo se divide entre sefardíes, orientales y askenazíes, con unos 15 millones de fieles; el Islam, entre chiitas, suníes y otros, unos 990 millones de fieles, el hinduismo, entre visnús, vaisnavitas y otros, unos 800 millones de fieles; el budismo, entre theravada, mahayana y otros, unos 400 millones de fieles; y los sij, por citar una minoría religiosa oriental, unos 17 millones de fieles. Al margen de todos estos grupos hay que considerar a los que siguen la fe Bahai, los confucionistas, los jainistas, y los seguidores del shintoismo, el taoísmo, el zen y el zoroastrismo.

En España, según fuentes del CIS del año 2002, el 1,6% de la población encuestada era creyente en otras religiones; un 11,2% se manifestó no creyente; un 4,6%, atea; y un 80,8%, católica. Aunque, dentro de ese 80, 8% de católicos resultaba que sólo un 52% era practicante, mientras que el restante 32% no era practicante. ¿Se debe considerar católica a una persona que no practica la religión? Ésta es una duda que podemos extrapolar a nivel mundial en todas las cifras sobre fieles de diferentes religiones. Muchas personas dicen que son católicas, protestantes o mahometanas porque han nacido en ese contexto concreto, pero a la hora de la realidad y con respeto a sus actitudes y comportamientos mundanos la religión no les marca las pautas de la vida, ya que no siguen sus mandamientos, ni la practican, ni creen en muchos de sus dogmas.

Una encuesta más reciente fue publicada en el informe «Juventud en España», del Instituto de la Juventud. Se desarrolló entre septiembre y noviembre de 2003 entre 5.214 jóvenes con edades comprendidas entre los quince y los veintinueve años.

A través de esta encuesta se puede apreciar la evolución de la identificación religiosa de los jóvenes españoles, con los cambios más significativos desde el año 1967 y hasta la actualidad. De ese modo, mientras en 1977 los católicos practicantes alcanzaban al 77 % de la población, en la fecha de la encuesta esta cifra había descendido hasta un 14, 2 %. En cuanto a los católicos no practicantes, en 1967 la cifra era de un 17 % mientras que en la fecha de la encuesta ascendía a un 49 %. Finalmente, el número de los que se declaraban no creyentes o indiferentes era en 1967 de un 3 %, mientras que en la fecha de la encuesta la cifra ascendía a un 29 %.

La revista *Nature* publicó a finales del siglo pasado, en 1999, una encuesta en la que se podía ver reflejada la fe en Dios entre científicos de diversos laboratorios muy prestigiosos. La encuesta daba que sólo el 39,3 % de los científicos creían en Dios, mientras que un 14,5 % manifestaba dudas y un 45,3 % se declaraba tajantemente no creyente. Entre otros tópicos, los científicos sostuvieron en un 38 % que creían en la inmortalidad, en un 46,9 % que no creían en ella y en un 15 % manifestaron que tenían dudas.

ESCÁNDALOS SEXUALES EN LA IGLESIA: LOS RENGLONES TORCIDOS DE DIOS

Los últimos años de la Iglesia católica han estado plagados de escándalos de todo tipo. Ya hemos tratado sobre algunos de ellos de una manera amplia en el capítulo tercero, como son el caso de la colaboración del Vaticano con el nazismo, la logia Propaganda Due y su relación financiera con el Vaticano, la misteriosa muerte de Juan Pablo I y la logia masónica «Ecclesias» dentro del mismo Vaticano.

No obstante la impudicia de aquéllos, los escándalos económicos siempre han resultado mejor tolerados que los escándalos sexuales. En España, los peritos descubrieron seis entidades religiosas que se relacionaban de diferentes maneras con Gescartera. Pero pareció no importar demasiado que las monjas Agustinas Misioneras, los salesianos Inspectores de María Auxiliadora, la Orden de San Agustín, la Fundación Emilio Álvares Gallego, las Filipenses Misioneras de la Enseñanza y el Arzobispado de Valladolid, estuvieran entre los 15 clientes con más ganancias relacionados en el caso Gescartera.

Ahora bien. Los escándalos sexuales del clero son una cosa distinta. Sobre todo si se perpetran hacia menores de edad. Es evidente que entre los escándalos que más han dañado la imagen pública de la Iglesia católica están los relacionados con el sexo. Estos casos no son aislados, se han producido en todas las partes del mundo y han sido denunciados con altavoces en este comienzo del siglo XXI. Me estoy refiriendo a los abusos sexuales de miembros de la Iglesia católica hacia menores y, también, a los innumerables casos de homosexualidad.

En Estados Unidos la Iglesia católica cuenta con cerca de 63 millones de fieles que constituyen el 23 % de la población. De ese total, un tercio, o sea 21 millones de personas, son hispanos. Hay que destacar que la Iglesia católica en ese país es responsable de la formación de 3 millones de alumnos de escuela primaria y secundaria.

El catolicismo en Estados Unidos atraviesa una profunda y delicada crisis, debida tanto a los abusos sexuales de sus sacerdotes hacia menores de ambos sexos, que se han convertido en auténticos escándalos de pederastia, como a los abundantes casos de homosexualidad entre sus filas. Estos hechos, adecuadamente ventilados por los medios de comunicación en un país en donde no existe una censura para tapar las incongruencias de la religión, han ocasionado que un 3 % de los fieles manifestara su decisión de abandonar la Iglesia católica y profese

La ineptitud de la Iglesia católica para enfrentar los escándalos sexuales y casos de pederastia en sus filas ha arrastrado a muchos fieles hacia nuevos credos.

otras creencias en donde los esperan con los brazos abiertos, especialmente los evangelistas. Indudablemente las deserciones en la Iglesia católica no son una cuestión de fe —aunque algunas veces esta fe ha podido desmoronarse—, sino el descontento por la forma en que se han manejado los escándalos: tratando de taparlos, justificándolos y, en una gran mayoría de casos, simplemente trasladando al culpable a otra diócesis en donde ha continuado ejerciendo la religión y muy probablemente también sus abusos sexuales.

La crisis de la Iglesia católica estadounidense también representa una quiebra económica importante para sus arcas. Si, por un lado, las compañías de seguros se niegan a aceptar pólizas que garanticen la inmunidad de estos hechos impúdicos, por otro lado, las demandas judiciales superan los 1.000 millones de dólares, lo que puede obligar a algunas diócesis a tener que vender sus propiedades. En el año 2004, la diócesis de Estados Unidos admitía que un 4 % de sus sacerdotes había sido acusado de abusos sexuales y un informe oficial cifraba en 10.667 las denuncias de pederastia contra curas. Entre estos curas, 149 habían sido acusados diez o más veces, por el abuso de un total de 2.960 menores; y

578 habían sido denunciados hasta nueve veces. Más del 80% de los abusos eran de naturaleza homosexual. Todo ello obligó a que, en Boston, la Iglesia se viera obligada a cerrar el 20% de sus recintos, ya que la factura por los acuerdos legales con las víctimas superaba los 85 millones de dólares. En Masachusets, tuvieron que cerrar 65 de las parroquias. Se expulsaron a 25 sacerdotes y otros muchos fueron juzgados.

Lamentablemente, los arzobispos, obispos y cardenales ya estaban al corriente de estos casos y sólo se limitaron a trasladar de una parroquia a otra al sacerdote acusado. De esta manera, en lugar de hacer frente e intentar solucionar el problema, sólo se lo trasladó de lugar, seguramente poniendo en peligro a otros menores. Esta política de traslado y silencio fue, éticamente, lo más grave que la Iglesia podía cometer, ya que condujo a una patente pérdida de confianza en ella por parte de millones de feligreses en todo el mundo. Algunos casos se hicieron públicos con dureza a través de los tribunales, como el del sacerdote Paul Shanley, de Boston, que fue juzgado culpable de violar repetidamente a uno de los monaguillos, de seis años de edad, de la parroquia en la que ejercía. Shanley fue condenado a doce años de cárcel, siendo uno de los pocos curas encarcelados por pederastia. Una gran mayoría pudo eludir las condenas debido a que los hechos habían prescrito.

Es indudable que estos actos ya ocurrían desde hacía tiempo y, aunque nunca alcanzaron una difusión masiva, hubo algunos que estaban bien enterado. Ahora produce cierta sospecha el hecho de que salgan a la luz pública cuando los evangelistas y los neofundamentalistas se encuentran muy cómodamente instalados en la Casa Blanca. Es evidente que estos escándalos también afectarán a las ayudas que la Iglesia católica pueda recibir a través de la recién creada Oficina de Iniciativas Basadas en la Fe y Comunidad de la Casa Blanca. Los organizadores de esta nueva oficina, que son en general hombres evangelistas y neo-fundamentalistas, tienen en sus manos la posibilidad de vetar programas sociales y no adjudicar ayudas federales si consideran que el aspirante no se lo merece.

No me estoy inventando ninguna conspiración contra la Iglesia católica en Estados Unidos. Diversos cardenales de la curia romana han acusado a los medios de infor-

En el siglo x, los papas de la Iglesia católica eran hijos ilegítimos y acosadores infames. Juan XI fue un buen ejemplo de ello.

mación de aquel país —en su mayoría, de gran capital judío—, de haber manipulado los escándalos de los curas pederastas para dañar la reputación de la Iglesia católica. Esta manipulación es bastante posible, aunque no estoy de acuerdo en que eso dañara la reputación de la Iglesia católica, ya que esa reputación estaba más que dañada debido a todos los acontecimientos obscenos sucedidos a lo largo de su historia.

Estados Unidos no es el único país del mundo en donde se han registrado casos de pederastia dentro de la Iglesia. La Iglesia católica de Europa, África y América Latina también ha recibido abundantes denuncias por homosexualidad y pederastia de sus miembros. Las acusaciones de pederastia han tenido varios casos concretos en España de curas de diversas diócesis, así como a los Legionarios de Cristo, una organización fundada en México por el sacerdote Marcial Maciel Degollado. Esta organización cuenta en España con varios seminarios, una universidad privada, media docena de colegios y decenas de guarderías, y cabe destacar que entre sus seguidores figuran Ana Botella y los ex ministros del Partido Popular José María Michavila y Ángel Acebes. En esta organización los casos se produjeron dentro de los seminarios, tal como explica el libro *Los documentos secretos de los Legionarios de Cristo* del periodista José Martínez de Velasco, en donde se citan a las víctimas relatando los abusos sexuales a los que fueron sometidos.

PRESERVATIVOS Y CLONACIÓN, LA POSTURA INTRANSIGENTE

La Iglesia católica siempre ha estado en contra del uso del preservativo. Ello a pesar de conocer que en África mueren millones de personas y que millones de niños se contagian de sida debido al contacto sexual entre personas infectadas, algo evitable con el simple uso de un condón. Algún día África pedirá cuentas morales y judiciales a la Iglesia católica por haber mantenido una postura tan intransigente, que en aquel continente conduce de manera irreversible a la propagación masiva del sida. Por fortuna, muchos misioneros que viven la crudeza de la realidad epidémica de manera directa hacen oídos sordos a las consignas del Vaticano, porque saben que una política basada en la abstención sexual no es operativa ni entre personas de un nivel cultural alto, ni mucho menos entre quienes viven en la pobreza o en la miseria.

Sabemos que la Iglesia siempre ha estado en contra de las medidas anticonceptivas, desde la píldora de Pinkus hasta el preservativo, incluyendo el cosido de trompas y cualquier otro método que se divulgara en un momento determinado. Para la Iglesia católica el acto sexual sólo es admisible si está dirigido a la procreación, más allá de lo cual se lo considera «pecado». Mientras que cualesquiera sean los motivos por los que se practica un aborto, este acto es tenido por «crimen».

En el judaísmo, especialmente el más conservador, también está prohibido la utilización del preservativo, sólo en determinados casos la contracepción femenina es autorizada. En cuanto al aborto, está autorizado antes de que el feto alcance las cuatro semanas, aunque cada caso debe ser estudiado médicamente. En el dilema de tener que escoger entre la vida de la madre o del feto, la vida de la madre es preferente.

En el Islam los juristas musulmanes no ponen obstáculos estrictos a la contracepción. Sin embargo, el aborto está condenado a no ser que exista un peligro para la madre.

En el budismo la contracepción está permitida, y el aborto está prohibido porque representa un acto de violencia contra un ser vivo.

Finalmente, en el hinduismo la práctica de la contracepción está animada por el mismo gobierno que quiere limitar los nacimientos. El aborto ha aumentado en India, especialmente si se conoce el sexo del feto, ya que el hinduismo da prioridad al nacimiento de niños.

Tras este breve recorrido por las principales religiones del mundo volvamos al catolicismo y recordemos que su obsesión en la lucha contra el preservativo ha llevado al Vaticano a afirmar que el condón no evita el contagio del sida. Muy velozmente, la Organización Mundial de la Salud obligó al Vaticano a rectificar sus declaraciones, acusando en octubre del 2003 a la Santa Sede de poner en peligro las vidas de millones de seres humanos. Fue el cardenal Alfonso López Trujillo, responsable del Consejo Pontificio para la Familia, quien en declaraciones a la BBC destacó que los condones dejaban pasar espermatozoides y con ellos el VIH. Este argumento no sólo es absolutamente inexacto sino que demuestra cómo la Iglesia se encuentra dispuesta a mentir e intentar manipular a sus fieles a través de justificaciones insólitas por simples razones de fanatismo. Afortunadamente, la Organización Mundial de la Salud difundió las evidencias científicas que contradecían totalmente las declaraciones del cardenal. La postura de la Santa Sede revela una actitud inhumana, sobre todo si pensamos en un continente como África, en donde el VIH infecta a más de 30 millones de personas y cuya transmisión puede matar a millones de embarazadas y a sus hijos.

En cuanto a la clonación, en agosto de 2004, el papa Juan Pablo II, desde su residencia de Castel Gandolfo, realizó una dramática advertencia diciendo que las consecuencias de la clonación serían dolorosas para la humanidad. Según Wojtyla, a través de la clonación el hombre estaba realizando un intento de apropiarse de las fuentes de la vida. Wojtyla alertaba sobre las consecuencias del avance de los conocimientos científicos y el desarrollo tecnológico, hechos que creía que podían «trasladar indefinidamente hacia delante el límite entre lo justo y lo injusto». Para Juan Pablo II, la clonación humana era un avance más de una ciencia que apuesta por la teoría de la evolución darwiniana, que aleja a millones de años la creación, que concibe la posibilidad de vida en otros planetas descubiertos en estrellas lejanas y que, apoyándose en la nueva física cuántica y la nueva cosmología, habla de otros universos.

La postura del Papa sólo fue el epílogo de una contraofensiva del Vaticano contra la clonación. En el mes de octubre, el Vaticano condenaba en su catecismo social el uso del condón, la homosexualidad y la clonación. Quedaba claramente que no eran aceptadas las técnicas que utilizan úteros o gametos extraños a la pareja, es decir, las donaciones de espermas u óvulos, y que separan la concepción del acto conyugal. Los anticonceptivos y la esterilización seguían siendo técnicas prohibidas y el aborto se convertía en un delito abominable. La clonación era inaceptable.

CUANDO LA HOMOSEXUALIDAD SALE DEL ARMARIO DE LA SACRISTÍA

Para la Iglesia la familia es sólo la unión sacramental entre un hombre y una mujer: Las llamadas parejas de hecho no crean una familia auténtica y no son equiparables al concepto que se tiene de familia dentro del catolicismo. Y dentro de esta temática está la gran maldición para la Iglesia: las parejas homosexuales. Para el Vaticano las parejas homosexuales suponen una incongruencia inaceptable. Si bien no hay un anatema contra los homosexuales, si se les consideran seres que deben seguir el plan divino pero deben poner un empeño especial en mantener su castidad. Más duro fue el cardenal Ratzinger, prefecto de la Congregación para la Doctrina de la Fe de la Santa Sede, que calificó la legalización del matrimonio homosexual en España de hecho destructivo. Para Ratzinger la homosexualidad, y especialmente el matrimonio destruye elementos básicos de un sistema de derecho.

La Iglesia no ha podido evitar que la homosexualidad irrumpiera en los templos. Esto ha ocurrido, por una lado, a través del escándalo de los curas pederastas; pero también lo ha hecho en el reconocimiento manifiesto de muchos sacerdotes y obispos de su condición homosexual. El papa Juan Pablo II y el arzobispo de Canterbury abordaron este tema en una reunión que mantuvieron en octubre de 2003, en la cual el último le recordó al Santo Padre que la homosexualidad entre el sacerdocio no era sólo un problema interno de la comunidad anglicana, sino un problema que afectaba a las relaciones de ambas Iglesias. Es evidente que, mientras la Iglesia católica continúa guardando silencio sobre la homosexualidad de algunos de sus prelados para así negar la incómoda situación, en la Iglesia anglicana los sacerdotes homosexuales empiezan a salir del armario, al parecer sin temores.

El judaísmo no tiene tabúes sexuales, pero la homosexualidad masculina está prohibida mientras que la femenina no se recoge en textos particulares. Algunos rabinos consideran a la homosexualidad una enfermedad. Para el Islam, la homosexualidad está vista como un pecado grave. El budismo califica a la homosexualidad una de las cuatro faltas más graves. En el hinduismo no está prohibida expresamente.

Ante el nombramiento de obispos gays, la Iglesia anglicana tuvo que convocar una cumbre para evitar un cisma entre conservadores y liberales. También dentro de aquella Iglesia se manifestaron dos posiciones claramente enfrentadas; el nombramiento de obispos homosexuales resultaba inadmisible para unos, mientras que otros defendían la adaptación a los tiempos que corren y el derecho de cada iglesia a escoger por su cuenta. El problema surgió cuando la diócesis de New Westminster, en

El reverendo Andrew Norman, arzobispo de Canterbury (segundo por la izquierda) en la Catedral de San Jorge, en Jerusalén, el Domingo de Ramos de 2005.

Canadá, decidió santificar los matrimonios homosexuales y elegir a un obispo homosexual. Monseñor Gene Robinson había salido del armario: era un hombre divorciado, tenía dos hijas y ahora declaraba públicamente tener relaciones sexuales con otro hombre.

La homosexualidad es un problema que no tiene un criterio unánime en la Iglesia cristiana. Así, por ejemplo, los presbiterianos aprueban las ceremonias de unión pero no los matrimonios. La Iglesia católica califica estos matrimonios de inmorales. La Iglesia Unida de Cristo y Reforma del Judaísmo celebra uniones gay pero no ordena a los sacerdotes que se hayan declarado homosexuales. La Iglesia metodista está en contra de las uniones y la ordenación de gays. Los luteranos se han marcado un tiempo prudencial para llegar a una conclusión sobre el problema que abordarán en el 2007.

EL REGRESO DE LAS SACERDOTISAS: MUJERES EN EL ALTAR

Muchas teólogas afirman que, según la historia cristiana, los hombres se han valido muchas veces de los textos bíblicos como argumento para subyugar a la mujer. La Biblia es el texto sagrado que describe a la mujer como un ser dependiente y secundario con respecto al hombre, incluso intelectual y espiritualmente inferior, e incluso como culpable de la caída. Dentro del catolicismo, la mujer no es equiparable al hombre.

De hecho, el ex cardenal Joseph Ratzinger atacó con fuerza el feminismo en un documento que hizo público en agosto de 2004. En ese documento, Ratzinger se oponía al feminismo que equipara «en todo al hombre y a la mujer». Para la Iglesia católica el feminismo tiene la culpa de que la mujer crea que para ser ella misma tiene que convertirse en antagonista del hombre, y argumenta que esta postura conduce «a una rivalidad radical entre sexos, en la que la identidad y el rol de uno son asumidos en desventaja del otro». En este mismo texto se condenaban las relaciones marcadas por la concupiscencia y la sumisión y también el divorcio y los pecados de la pareja. Durante su reinado, Juan Pablo II nunca consideró como fracasadas a las mujeres que deciden quedarse en casa y cuidar de sus hijos, incluso propuso que se valorara el trabajo de la mujer ama de casa.

Es indudable que la Iglesia prefiere tener a las mujeres en casa que trabajando fuera de ella, como hacen los hombres. Teme que esa libertad la encamine hacia relaciones pecaminosas y a tentaciones que no sabría sortear. Para el feminismo actual la postura del Vaticano hace apología de la desigualdad y se convierte en una más de las arremetidas de la Iglesia contra la emancipación de la mujer. Este texto tuvo críticas en España de la Red de Organizaciones Feministas Contra la Violencia de Género, las coordinadoras del Foro Mundial de Mujeres e incluso del Colectivo de Mujeres en la Iglesia católica, quienes acusaron al Vaticano de ser «el abanderado del patriarcado más recalcitrante». Ekin Deligoez, el portavoz de los verdes en Alemania, declaró acerca de este asunto: «Parece que la Iglesia se ha quedado colgada en algún lugar entre la Edad Media y la Edad Moderna, pero resulta que los tiempos de la Inquisición y la quema de brujas ya han pasado».

Es evidente que con estas posturas respecto a la mujer, la Iglesia se distancia también del sacerdocio femenino, otra de sus asignaturas pendientes y de la que dependen tantas monjas que aspiran a algo más que a formar parte de una orden. El celibato sacerdotal y la ordenación de mujeres parecen ser simplemente problemas burocráticos, pero que se vuelven más complejos debido a las altas dosis de machismo en la Iglesia (otro prejuicio que suele cargarse de retórica teológica).

Al negar la incorporación de la mujer al sacerdocio, el Vaticano hace apología de la desigualdad. En la imagen, la siempre relegada María Magdalena, en una pintura de Tiziano.

En el Nuevo Testamento la presencia y acción de la mujer ha sido reducida, prácticamente, a la nada. Pedro odiaba profundamente a María Magdalena y nunca creyó que Jesús se le apareciera antes a ella que a los apóstoles, posiblemente porque, de haberse confirmado esa aparición, Magdalena debiera haber sido aceptada como un apóstol más. En los evangelios gnósticos, la presencia de la mujer es mucho más activa y menos discriminatorio, pese a que también se recogen las actitudes de Pedro contra María Magdalena. Así vemos cómo los comienzos del cristianismo sin Jesús empiezan con un hombre que excluye a la mujer. Más adelante la Iglesia descubrió que para mantener la jerarquía y ejercer su poder hay que excluir a las mujeres de cualquier puesto de autoridad.

A lo largo de los años la exclusión de la mujer se ha convertido en una situación difícil de solucionar. El Vaticano es una institución construida por y para hombres; difícilmente los obispos permitirán algún día que su autoridad sobre los curas compita con el influjo cotidiano de las cónyuges de éstos, y quizás es aún menos probable que acepten a una mujer obispo interviniendo en «asuntos masculinos». La teóloga luterana Dorothée Soelle, sostiene que la teología ha estado en buena parte regida por los mecanismos masculinos de la dominación, que inspiran miedo y sumisión y, por tanto, infelicidad. Para Soelle, los sentimientos de las mujeres han sido aplastados durante siglos, una opinión que comparten otras teólogas.

La ordenación de mujeres puso en peligro, en 1992, la unidad de la Iglesia anglicana. Pero la realidad es que 1.300 mujeres deseaban ordenarse sacerdotes y lo consiguieron, terminando así con cuatro siglos de tradición machista. Las consecuencias fueron el abandono de tres obispos y unos mil sacerdotes y laicos, y un endurecimiento de las relaciones con la Iglesia católica. Para el Vaticano, la ordenación de mujeres significó un nuevo y grave obstáculo para la unidad entre las Iglesias del mundo, una unidad que, por otra parte, era bastante utópica. En ese momento el propio Joaquín Navarro, portavoz del Vaticano, declaró que la dificultad en la admisión de mujeres al sacerdocio afectaba a la naturaleza misma del sacramento. Como consecuencia de la decisión de la Iglesia anglicana, el Colectivo de Mujeres en la Iglesia y la Hermandad Obrera de Acción Católica solicitaron en una carta abierta a los obispos de Cataluña que se iniciara un proceso de reflexión en el seno de la Iglesia católica y de ese modo buscar abrir las puertas del ministerio sacerdotal a las mujeres, tal como había acaecido en la Iglesia anglicana. Esta petición obtuvo sus repercusiones en otros lugares de España. Así la cuarta parte del clero madrileño activo se manifestaba a favor del celibato opcional y la ordenación de la mujer.

En 1994 la Iglesia de Inglaterra consagró sacerdotes a 32 mujeres. Era el primer paso para que la mujer, marginada desde los tiempos bíblicos, obtuviera en la Iglesia un lugar de igualdad con el hombre. Nada podía hacer el Vaticano ante esta decisión, ya que el anglicanismo no reconoce la autoridad del papa al rechaza su infalibilidad. En un futuro, el primado de la Iglesia anglicana podrá ser una mujer, ya que es nombrado por la reina de Inglaterra, jefa suprema de la Iglesia, a propuestas del primer ministro. ¿Veremos una mujer de primado en Canterbury? Indudablemente será mucho más difícil ver a una papisa.

Exorcismo, el regreso de Satanás

El fundamentalismo religioso pueden reflejarse de diversos y variados modos. Curiosamente, sus manifestaciones son seguidas por millones de fieles, especialmente en Latinoamérica, donde ciertas religiones «cristianas» practican extraños rituales. Las nuevas enseñanzas fundamentalistas llegan a través de la televisión, con tele-evangelistas que predican una religión hecha a su imagen y creencia. La teología de la liberación hizo que la Iglesia católica resultase incómoda para muchos dictadores, quienes, como Augusto Pinochet en Chile, a modo de respuesta recibieron en sus países con entusiasmo a los evangelistas norteamericanos. Los evangelistas en la línea más fundamentalista se encuentran también en España. Epi Limiñana, por ejemplo, consiguió reunir en la plaza de toros de Vista Alegre, en Madrid, a 9.000 personas. Limiñana sostuvo que la población evangélica en España alcanzaría antes de 2010 al 10% de la población.

El fundamentalismo se convierte es un retroceso en la libertad espiritual del hombre. La Iglesia católica no ha sabido hacer frente a este fenómeno que poco a poco le ha ido ganando terreno, hasta instalarse cómodamente en muchos países de tradición católica. Lo cierto es que, a diferencia del evangelismo, la Iglesia católica no ha sabido orientarse hacia una religión más moderna, descartando ciertas creencias ancestrales que son demasiado difíciles de aceptar para la actual juventud culta y formada en universidades.

Ni las prácticas de la Iglesia católica ni sus dogmas se corresponden con la modernidad del siglo XXI. ¿Podemos creer en el mal? ¿Podemos creer que existe el diablo? Lo primero nos suena tan absurdo como el «eje del mal» que proclama George Bush, el actual presidente de Estados Unidos; lo segundo se convierte en una historia que carece de todo fundamento riguroso. Sin embargo, por medio del entonces cardenal Joseph Ratzinger, la Iglesia católica reanimó la creencia en el diablo. Incluso se habla de muchos prelados que practican ritos de exorcismo a los fieles para extraerle a Satán de sus cuerpos. Esto sería solamente una anécdota sino fuese porque, en una ocasión, el papa Juan Pablo II atendió a una joven endemoniada de diecinueve años en su audiencia de los miércoles. El pontífice la consoló y rezó con ella durante media hora, aunque no consiguió debilitar el dominio de Satanás sobre la infortunada muchacha que, seguramente, sólo hubiera necesitado el tratamiento de un médico psiquiatra.

La Conferencia Episcopal Italiana imprimió en el año 1998 un manual de exorcismo con el título *Ritos de exorcismo*, disponible sólo en latín, posiblemente para impedir que el profano aprenda aquellos ritos. El manual contiene ritos adecuados y oraciones antidiablo, entre otras cosas. En algunos párrafos se habla sobre ocultismo, un asunto que ha preocupado a la Iglesia durante siglos, al comprobar el gran número de personas que lo practican, las publicaciones que se han editado y los centros y tiendas que han aparecido, al margen de la sectas. Para algunos curas como Gabriele Amorth, presidente de la Asociación Internacional de Exorcistas, el número de personas poseídas por el Maligno aumenta velozmente en las sociedades occidentales, debido a una disminución de la fe y a un incremento de las prácticas ocultistas.

En febrero de 2005 la Iglesia emprendía un nuevo episodio contra el satanismo. En la universidad de los Legionarios de Cristo, en Roma, se realizó un curso teórico y práctico para sacerdotes y teólogos sobre satanismo, exorcismo y oraciones de liberación. Según sus promotores, el objetivo del curso era ayudar a muchos sacerdotes a enfrentar problemas de satanismo. Se trataba de ayudar a liberar a las personas de la influencia del demonio; también se analizaba el satanismo en los jóvenes, en la música rock y en los tebeos. No cabe duda de que volver a infundir temor a través de las ideas de satanismo y el demonio significa un retroceso absurdo por parte de la Iglesia a ideas de siglos pasados. Claramente se puede entender que con el regreso del satanismo la Iglesia católica pretende atemorizar a la gente y conseguir una recuperación de fieles a través del miedo. Se trata, según la opinión de muchos teólogos, de un infantilismo más del Vaticano, el recurso del miedo que sólo puede tener efecto entre los niños y en cierta población de un nivel cultural muy bajo. Indudablemente la estrategia del miedo tuvo su efectividad en el medioevo, pero esto parece imposible en el mundo del siglo XXI, cuando el nivel cultural de las personas es mucho más alto. En ocasiones como ésta, la Iglesia da la impresión de no tener ningún contacto con el pueblo, con sus creencias, sus necesidades y su espiritualidad.

En esta misma línea pueden ubicarse las declaraciones que hizo el arzobispo de Bolonia, Giacomo Biffi, en marzo de 2000, afirmando que el anticristo vive entre nosotros y, además, que es vegetariano. Para Biffi el anticristo se mantiene disfrazado como un filántropo que defiende las creencias como el vegetarianismo, los derechos de los animales o el pacifismo. En resumen, un ecologista preocupado por la salud, la paz en el mundo y la extinción de los animales.

GALILEO GALILEI Y EL FUNDAMENTALISMO MODERNO

¿De verdad era sincero el perdón que solicitó Juan Pablo II, en 1992, por los maltratos de los eclesiásticos a Galileo para que negara solemnemente que la Tierra daba vueltas alrededor del Sol? ¿O sólo se trató de una postura del Vaticano para mostrar ciertos aires de modernidad?

El arzobispo Angelo Amato, secretario de la Congregación para la Doctrina de la Fe (ex Santo Oficio de la Inquisición) y segundo del entonces cardenal Joseph Ratzinger, en una intervención en el año 2003 que pareció desmentir cualquier espíritu de contrición o arrepentimiento, destacó que el proceso contra Galileo era una «mentirosa imaginación» para arrinconar al Estado Vaticano. Amato aseguró que nunca hubo persecución contra Galileo y que éste tampoco fue torturado. Sólo admitió que si Galileo renegó de su descubrimiento, pidiendo disculpas después de un penoso proceso, fue por temor a ir al infierno.

De manera que, según Amato, Galileo Galilei renunció por miedo al infierno pero no por la precisión que el Santo Oficio ejerció sobre él durante su detención. Amato llegó más lejos al declarar que «para algunos, todavía hoy, Galileo es sinónimo de libertad, modernidad y progreso, mientras que la Iglesia es dogmatismo, oscurantismo y estancamiento [...]. La Iglesia nunca persiguió a Galileo».

Con sus poco acertadas declaraciones, Angelo Amato simplemente estropeó el perdón que había solicitado el papa Juan Pablo II. Hoy en día, nadie duda de que Galileo Galilei fuera perseguido por la Iglesia de su época, igual que lo fueron otros destacados pensadores de la época, como René Descartes y Nicolás Copérnico, entre otros ilustres desafortunados entre los que se puede contar a Giordano Bruno, que fue quemado vivo en la plaza de Campo dei Fiori a comienzos del siglo XVII.

Juan Pablo II pidió perdón por los maltratos de la Iglesia a Galileo. Giordano Bruno (en la imagen) fue uno de los ilustres ejecutados por sus ideas.

En marzo de 2000, Juan Pablo II, en un acto litúrgico en la basílica de San Pedro del Vaticano, pidió perdón por su intolerancia contra los disidentes, las excomuniones, las persecuciones y divisiones en el seno de cristianismo, el desprecio hacía los judíos, los pecados contra el amor, los derechos de los pueblos, la Inquisición, las Cruzadas y la discriminación de las mujeres. Es evidente que una cosa es lo que hace o dice un papa, otra es lo que creen los prelados que le rodean y hasta qué punto están ellos de acuerdo con estos arrepentimientos. Como hemos visto en el caso Galileo, por un lado se pidió perdón, pero por otro lado se buscó una justificación sin ningún rigor histórico que convertía a Galileo en único responsable de lo que ocurrió.

El fundamentalismo cristiano está patente en personajes como Kiko Argüello, fundador del Camino Neocatecumenal, quien en noviembre de 2003 pronunció una conferencia en Madrid con tintes apocalípticos. Según Argüello, «se mata a los ancianos con eutanasias en Holanda, hay homosexuales por todas partes, los jóvenes se suicidan, hay 300 millones de abortos en China y los padres tienen dos hijos, cuando según la paternidad responsable que defienden los curas deberían tener once o doce, lo que Dios mande...». Sin duda alguna, Kiko Argüello representa hoy en día la imagen de un predicador con carisma similar al de los tele-evangelistas estadounidenses. Kiko Argüello se metió en la carrera eclesiástica después de experimentar una conversión novelesca; es un hombre que disfruta pintando y cantando y que adora que lo comparen con el jesuita Ignacio de Loyola. Según él mismo explica,

Al neocatecumenal Kiko Argüello, un predicador con carisma al estilo evangelista estadounidense, le agrada compararse con el santo jesuita Ignacio de Loyola.

contaba con todo el apoyo de Juan Pablo II, quien dio visto bueno a los estatutos del Camino Neocatecumenal en 2003. Kiko Argüello representa el ala conservadora del catolicismo, un sector que tiene más de un millón de seguidores en 105 países, 16.700 comunidades, 883 diócesis y 4.900 parroquias, así como 52 seminarios, 731 presbíteros, 63 diáconos y unos 1.500 seminaristas.

Que el catolicismo sigue teniendo rasgos de inmadurez histórica y pretensiones de cristianización infantilizados, se evidencia en un hecho considerado hasta ahora como mera anécdota pero que debería observarse con mayor seriedad. En agosto de 2004, la ciudad de Lérida sorprendió con una exposición en la que se exhibían los primeros pañales del niño Jesús. Se trataba de un tejido, conocido con el nombre de «Sant Drap», que es objeto de veneración porque, según una leyenda, el mercader Arnau de Solsona, que había sido prisionero en el norte de África tras un viaje a Tierra Santa, entregó a los canónigos de la Seu Vella, en el año 1297, aquel retal que era el primer pañal de Jesús.

ESOS TEÓLOGOS MALDITOS

La Iglesia católica ha tenido durante el mandato de Wojtyla duros enfrentamientos con sus teólogos, quienes le han reprochado los puntos de vista radicales e infantiles, su conservadurismo político y la falta de visión en sus posturas dogmáticas. Como consecuencia de estos enfrentamientos, los teólogos de la liberación y otros teólogos discrepantes con la «línea oficial» han sido expulsados sin miramientos. Éste fue el caso del jesuita Jacques Dupuis y de los teólogos Hans Küng, Yves Congar, Edward Schillebeeckx y Karl Rahner; también del dominico Chenu, del moralista Bernard Haring, de Ernesto Cardenal, Jon Sobrino y Leonardo Boff; de los españoles Marciano Vida, José María Castillo, Juan

José Tamayo-Ascosta, Díez Alegría y Benjamín Forcano, entre muchos otros.

Para Jon Sobrino, cerebro de la teología de la liberación, la Iglesia sigue imponiendo el miedo. Sobrino sostiene que los obispos ya no hablan como antes, porque existe una grave autocensura. Este jesuita nunca ha sido bien visto por el Vaticano y, sin embargo, ha tenido el apoyo de muchos otros teólogos, como la luterana Dorothée Soelle, para quien el cristianismo sin la teología de la liberación sería un fundamentalismo.

Entre los teólogos de la liberación, hay que destacar a Leonardo Boff, que nunca ha puesto reparos en decir claramente lo que piensa sobre el Vaticano, su política y el Papa. Como consecuencia de ello, fue obligado al silencio o al abandono de la institución.

Cuando el papa Juan Pablo II pidió perdón sobre los errores cometidos, como he explicado anteriormente, Boff se apresuró a decir que «el primer perdón que tendría que pedir el Papa es a los pobres». También sostuvo que «el pecado más grave de la Iglesia es el de la arrogancia. Enjaular a Dios en la cabeza clerical». Según Boff, es imprescindible que la Iglesia también pida perdón a teólogos contemporáneos como Hans Küng y Eduard Schillebeerckx, quienes le han ayudado ha ser una institución más abierta y más humana. Boff ha seguido hablando a pesar de ser procesado por el ex Santo Oficio, y se ha convertido en una de las voces teológicas más escuchadas por las iglesias del Tercer Mundo. Cuando se le preguntó en 1999 qué opinión tenía de Karol Wojtyla, afirmó que veía en él a un papa ambiguo, «un papa que utiliza el báculo en el interior de la Iglesia, siempre con exceso, pero no contra los lobos sino contra las ovejas, castigando a cardenales, conferencias episcopales enteras, sacerdotes, seglares y sellando la boca de muchos teólogos [...]. El Papa ha intentado de mil maneras infantilizar

En los últimos años, el Vaticano ejercita una política de expulsión hacia aquellas voces que discrepan con las versiones oficiales. Éste fue el caso de los teólogos Edward Schillebeeckx (izquierda) y Karl Rahner (abajo).

y mediocrizar a los cristianos imponiendo un Derecho Canónico, un catecismo y una romanización». Boff veía a Juan Pablo II como un constructor de iglesias, en vez de ser una fuerza de contestación y de organización del mundo; según sus propias palabras, Juan Pablo II fue «un gran animador religioso de masas y, por otro lado, el que gobierna con el patrón del orden y de la vieja ortodoxia en la mano». Finalmente, según Boff, este papa defraudó a los pobres, ya que éstos nunca se sintieron apoyados en sus causas y en sus luchas.

Para el teólogo divergente Leonardo Boff, Juan Pablo II fue un gran animador de masas, que aplicó la antigua ortodoxia y defraudó a los pobres porque nunca se ocupó de sus aflicciones.

Hans Küng: sin miedo a los tronos de los prelados

Uno de los teólogos que más problemas ha causado con sus declaraciones, ha sido el suizo Hans Küng, considerado como un «enfant terrible». Su receta teológica es sencilla: «Decir una palabra clara, con franqueza cristiana, sin miedo a los tronos de los prelados». En 1993 acusó al Vaticano de tener «una mentalidad integrista y fundamentalista», ya que había interpretado el Concilio Vaticano II con mentalidad medieval, de contrarreforma o reconquista. Para este profesor de teología de la Universidad Civil de Tubinga, Alemania, el Vaticano no ha apostado por la renovación, el diálogo y la apertura, sino por una doctrina integrista en una Iglesia disciplinada y uniforme. Küng también fue crítico con el «mea culpa» del Vaticano, ya que se sintió desengañado por las limitaciones de esta petición de perdón.

Küng ha considerado siempre que el pontificado de Juan Pablo II estuvo lleno de contradicciones. Por un lado, puertas afuera, defendía los derechos humanos; pero luego los negaba a obispos, teólogos y mujeres. Si bien Juan Pablo II fue un gran admirador de María predicando excelsos ideales femeninos, también rebajó a las mujeres al negarles la ordenación sacerdotal. Predicó contra la pobreza y la miseria en el mundo, pero también mantuvo su postura contra la regulación de la natalidad; su rígida posición sobre sacerdocio masculino y célibe se vio reflejada en la escasez de curas y en los escándalos de pedofilia; impulsó un gran número de beatificaciones lucrativas y al mismo tiempo instó a su Inquisición a actuar contra teólogos, sacerdotes, religiosos y obispos desafectos; fue un panegirista del ecumenismo, pero también hipotecó las relaciones con las iglesias ortodoxas y reformistas; en su participación en el Concilio Vaticano II despreció la colegialidad del papa con los obispos, pero volvió a celebrar en cada ocasión que pudo el absolutismo triunfalista del papado; habló de diálogo con las religiones del mundo, pero las descalificó y las consideró formas deficitarias de fe. Fue un abogado de la moral privada y pública, pero su rigorismo, ajeno a la realidad, le hizo perder credibilidad como autoridad moral. Finalmente, en el año 2000 reconoció con dificultad sus culpas, pero apenas extrajo sus consecuencias prácticas.

Para Küng, la jerarquía de la Iglesia vive en el paradigma medieval, sobre todo porque no tiene en cuenta cómo era la Iglesia en sus orígenes y cómo podría volver a ser. Según Küng, «en Roma deberían preguntarse menos por las exigencias del derecho eclesiástico medieval y más por lo que Jesús, al que continuamente se están refiriendo, quiso». El teólogo suizo también afirma que, bajo este pontificado, se ha hecho de todo para expulsar de la Iglesia especialmente a la generación de mujeres jóvenes. Sostiene que siempre se ha mantenido una postura en contra de la mujer, hasta el extremo de que la Congregación Romana de la Fe intentó presentar como «doctrina infalible» que era voluntad de Dios la exclusión de la mujer del sacerdocio.

Los problemas de Hans Küng se iniciaron cuando analizó el primer año de pontificado de Juan Pablo II. Entonces puso en duda la capacidad del Papa para ser un auténtico jefe espiritual, pastor y defensor de la colegialidad, ecumenista y persona de mentalidad abierta al mundo. Küng llegó a preguntarse si el Papa era cristiano en el sentido que generalmente se da a la palabra. También arremetió contra el criterio manifestado por Juan Pablo II en contra del matrimonio de los sacerdotes, ya que para Küng éste es un derecho garantizado por «el mismo Evangelio y las antiguas verdades católicas». Küng reprochaba la oposición del Papa a que teólogos como él expresaran sus opiniones, apoyaba el derecho de las monjas a vestir a su antojo, el derecho de las mujeres a recibir las sagradas órdenes «según justifica el Evangelio de nuestra situación contemporánea», y el derecho de los

A Hans Küng se le retiró el título de «teólogo católico» y se le inhabilitó para la docencia. Entre otras críticas, Küng manifestó sus dudas sobre la capacidad de Juan Pablo II para ser un auténtico jefe espiritual.

matrimonios a controlar la concepción y el número de hijos. Estas declaraciones de Küng fueron consideradas un desafío, en una situación comparada por algunos a la salida de la Iglesia de Martin Lutero. Hubo quien lo calificó de exabrupto.

Küng fue llamado a Roma inmediatamente. Una vez allí, se lo condujo al tercer piso del imponente edificio de la Doctrina de la Fe, en donde fue interrogado por sus miembros. El veredicto del encuentro fue dado a conocer a través de la oficina de Prensa del Vaticano: Hans Küng «dejaba de ser teólogo católico y perdía la facultad de ejercer como tal un puesto docente». Una decisión que fue ratificada ante el mundo por el papa Juan Pablo II, quien asoció la infalibilidad a «la visión profética de Cristo y de la Iglesia» y a la «misión de Cristo» encomendada a él, y extendió esta infalibilidad con los obispos de la Iglesia reunidos en consejo.

LA MISERICORDIA POR EL ANATEMA

La Iglesia ha tenido un continuo enfrentamiento con los teólogos. Sólo han persistido a su lado sus hombres más conservadores, como el actual papa Benedicto XVI. Ya en octubre de 2000, teólogos de quince países firmaron un manifiesto contra la declaración papal sobre las iglesias, la *Dominus Iesus*, que trataba sobre la unicidad de la Iglesia católica como religión verdadera. Este hecho fue refutado por 73 de los mejores teólogos del mundo, que consideraron la declaración como «expresiones ciertamente ofensivas para las personas creyentes de otras religiones». Un manifiesto firmado por teólogos como Hans Küng, Jon Sobrino, Leonardo Boff, José María Díaz-Alegría, Juan José Tamayo-Acosta, Ross Mary Radford-Ruether, Ana María Bidegain, José María Castillo, Casiano Floristán, Jesús Equiza, Benjamín Forcano, Enrique Miret, José María González Ruiz, José Ignacio González-Faus, José Gómez-Caffarena y otros.

También en el año 2003, un congreso de teólogos celebrado en Madrid, con la asistencia de cerca de mil personas, concluyó que la Iglesia había sustituido «la misericordia por el anatema». Es indudable que la Iglesia católica de los últimos tiempos ha escuchado las críticas más severas en boca no de ateos o representantes de otras religiones sino de sus propios teólogos. Dicen los teólogos de la Asociación Juan XXIII —hombres como Enrique Miret, José María Díez-Alegría y Casiano Floristán—, que la Iglesia del siglo XIX tenía miedo al liberalismo. En el siglo XIX la Iglesia teme a la secularización y a la sensualidad de las costumbres... en el fondo, siempre se trata de lo mismo: la resistencia al cambio y el miedo a casi todo lo nuevo.

La postura de esa Iglesia cerrilmente negada a los cambios, ha originado un nuevo tipo de creyente que, proclamándose católico, deja de ser practicante y vive sus creencias al margen de la institución. Como dice Ernesto Cardenal, la Iglesia jerarquizada no es toda la Iglesia, y la esperanza reside en esa juventud que dice: «Otro mundo es posible». Para Cardenal, esos jóvenes no tienen líderes ni ideologías ni partidos, pero están en la línea de los profetas de la Biblia, que no querían sacrificios ni incienso; están en la línea de Cristo, que no vino a predicarse, sino a cambiar el mundo.

INFALIBILIDAD DEL PAPA

¿Es infalible el papa? El tema de la infalibilidad del papa es uno de los más criticados por los teólogos y al que muchos se han opuesto con vehemencia.

Al tratar sobre la infalibilidad del papa nos encontramos nuevamente con una cuestión que no aparece especificada en la Biblia ni en ninguna escritura sagrada. Jesús no otorgó este término a los sucesores de Pedro. El papado es considerado por muchos, incluidos teólogos brillantes, como una institución del pasado, un residuo de tiempos supersticiosos en los que la religión tenía más de magia que de otra cosa. El papado forma parte de una historia cruenta, llena de errores, dirigida por papas que fueron auténticos criminales, que mataron a protestantes franceses, judíos, cátaros, albigenses, infieles y científicos. Aunque también cabe decir que entre todos aquellos papas también hubo unos pocos santos y hombres con buenas intenciones.

La infalibilidad del papa trata del Concilio Vaticano I, en 1870, como se ve es una decisión reciente. En este concilio, en el que participaron mil obispos, sólo la mitad votó a favor de la idea de la infalibilidad. Pío IX no quiso someter este tema a debate, por lo que sus palabras y las de los papas que le sucedieron se hicieron obligatorias, mientras que diecinueve siglos antes la Iglesia había funcionado sin infalibilidad alguna.

El tema de la infalibilidad se debatió el 18 de julio de 1870 en el Concilio Vaticano I. Como muestra de protesta y disconformidad, 55 obispos, en su mayoría franceses y centroeuropeos, abandonaron el recinto de la reunión para evitar votar la proclamación del dogma de la infalibilidad que había promovido el papa Pío IX. Muchos recomendaron al Papa no llevar adelante esta propuesta; sin embargo, nada pudo hacerle cambiar de opinión. Se cuenta que, cuando los prelados estaban votando, estalló en Roma una gran tormenta de truenos y relámpagos que duró dos horas y media.

Pío IX fue el impulsor del dogma de la infalibilidad, que convierte en incuestionables las proclamaciones que realizan los papas.

El dogma de la infalibilidad se opone al pensamiento libre, de manera que nadie tiene derecho a cuestionar las palabras o las decisiones del santo pontífice, aunque se trate de errores o desaciertos obvios. Con este nuevo dogma, Pío IX daba un paso más alejándose de la libertad de pensamiento, el liberalismo y la modernidad.

Fue necesario que un siglo después, el 7 de diciembre de 1965, el papa Pablo VI cerrase el Concilio Vaticano II con la proclamación de la libertad religiosa en el documento *Dignitatis humanae*, que trata sobre la dignidad de las personas y el derecho de éstas y sus comunidades a la libertad social y civil en materia religiosa. Esta propuesta se aprobó con 70 votos en contra, muchos procedentes de los obispos españoles, y 1.300 votos a favor.

Con el Vaticano II se consagró un principio que ya estaba presente en la Declaración de los Derechos Humanos. Y se enfrentaba a la teoría de Pío IX de que «el error no tiene derechos», lo que permitía a la autoridad papal impedir actuaciones en contra de la verdadera religión, llegando a poder aplicar castigos.

CAPÍTULO 4

LA IGLESIA
FRENTE A SU
DESTINO. ¿PUEDE
TENER RAZÓN
MALAQUÍAS?

*La estirpe a la que ha sido confiada la tutela de la entrega de
las llaves se reúne aquí, dejándose circundar por la policromía
Sixtina de esta visión que Miguel Ángel nos ha dejado. Así fue
en el agosto y después en el octubre del año memorable de los
dos cónclaves, y así será todavía cuando se presentará la
exigencia tras mi muerte.*

JUAN PABLO II, «Tríptico Romano», aludiendo al momento en
que los cardenales se reunirán para nombrar a su sucesor

*Algunos obispos hablan con tal arrogancia y seguridad, con
un estilo tan tajante y autoritario, que producen alergia y
aversión en quienes les leen o escuchan.*

RAFAEL SANUS ABAD, obispo auxiliar emérito de Valencia

WOJTYLA, UN PAPA CONSERVADOR QUE DECEPCIONÓ A SUS BASES

Carol Wojtyla fue nombrado papa sin haber sido, durante el cónclave de cardenales, uno de los favoritos que aspiraban al trono de Roma. En la primer votación que se celebró en el cónclave sólo tuvo cinco votos.

Sin embargo, tenía un historial importante, ya que había llegado a cardenal a los cuarenta y siete años de edad, en una Iglesia que se enfrentaba al régimen comunista del país, y sus condiciones físicas eran excelentes. A pesar de ello no era considerado como el sucesor de Albino Luciani, el papa que lo precedió y que había muerto misteriosamente a los treinta y tres días de su elección.

La realidad es que Juan Pablo II fue propuesto en el cónclave como solución a las propuestas de los diferentes grupos, en una situación que parecía irreconciliable. Karol Wojtyla era el candidato que representaba una postura intermedia entre el ultraconservador Siri y el moderado Benelli. La elección de este cardenal prácticamente desconocido por todos, fue una gran sorpresa. El mismo Juan Pablo II calificó su elección de designio divino. No obstante, el mandato de aquel cardenal del Este, que, según todas las apariencias, prometía traer aires de apertura a la Iglesia, resultó en los hechos una gestión fundamentalista. Podemos decir, en definitiva, que el pontificado de Wojtyla se caracterizó por:

- Recortes en la colegialidad episcopal que había recuperado el Concilio.
- Decisiones contrarias a la opinión de una mayoría de obispos de la Iglesia.
- Elevación a la categoría de diócesis universal al Opus Dei, a pesar de la opinión contraria de los obispos y muchos curas de base, así como de las órdenes jesuita y benedictina, entre otras.
- Aplicación de intervenciones jurídicas a grandes congregaciones, incluida la Conferencia Latinoamericana de Religiosos.
- Sancionó a más de 500 teólogos y teólogas, silenciándolos, persiguiéndolos e incluso excomulgándolos.
- Proclamó un Código de Derecho Canónico sin el respaldo colegial del concilio.
- Acumuló más poderes que ningún papa anterior.
- Mantuvo una política contraria al celibato, el matrimonio homosexual, el aborto y la investigación con embriones.
- Siguió siendo un papa enemigo de la modernidad.
- La mujer continuó siendo discriminada. Lo que representó la pérdida de muchas mujeres que dejaron de educar a sus hijos dentro del catolicismo, especialmente entre las europeas.
- Con su postura inflexible se enfrentó a una importante disminución de vocaciones. Así provocó que el clero de la Igle-

sia católica envejeciese al punto de que ésta se convirtió en la religión con más ancianos en su sacerdocio. Esto ha originado un enfrentamiento contra los pastores evangélicos más jóvenes y con grandes dotes para el proselitismo.

- No pudo acallar los grandes escándalos de abusos sexuales y homosexualidad entre sus clérigos.
- Las nuevas religiones o creencias han sabido atraer hacia sí a numerosos fieles de la Iglesia católica, quienes se abocan en una búsqueda interior como la que se proclama desde la New Age, a la cual el Papa ha atacado con profusión.
- El pensamiento único y el mantenimiento de unas creencias infantiles han originado la pérdida de muchos millones de cristianos.
- Los creyentes más racionales se vieron alejados de Juan Pablo II debido a las opiniones teológicas, la forma de creer, la imagen de Dios y el modelo de Iglesia que sostuvo este papa.
- Durante el mandato de Juan Pablo II, la Iglesia mantuvo una estructura piramidal que se asemeja a la de una monarquía autoritaria, absoluta y sacralizada. Muchos cardenales tuvieron poder absoluto y fueron capaces de influenciar en él, especialmente al final de su mandato, como fue el caso concreto del entonces cardenal Joseph Ratzinger.

TODOS LOS HOMBRES DE CONFIANZA DEL PAPA

Los últimos años del reinado de Juan Pablo II se caracterizaron por un claro desplazamiento hacia las posturas más conservadoras. No cabe duda de que los prelados que rodearon a Karol Wojtyla en sus últimos días, cuando apenas podía tomar decisiones, influyeron notablemente en ese conservadurismo que llevó a la Iglesia a enfrentarse con gobiernos de diferentes países de Europa y con la Unión Europea.

Todo hace suponer que aquellos hombres que trataban a diario con Juan Pablo II, han sido los que más han influenciado en su política. Se los puede comparar con «los hombres del presidente», aquellos que estuvieron relacionados con el escándalo de Watergate durante el gobierno de Nixon. Entre «los hombres del Papa» cabe destacar a una media docena. Joaquín Navarro Valls, conocido como «la voz de la Santa Sede», fue su jefe de Prensa y pertenece al Opus Dei. Stanislas Dziwisz, arzobispo y secretario de Karol Wojtyla desde 1966, apodado «la sombra del Papa», era el hombre con quien el Papa consultaba muchos asuntos antes de tomar una decisión. El cardenal Angelo Sodano, secretario de Estado desde 1990, fue un estrecho colaborador de Juan Pablo II en la época de la caída del muro de Berlín. El cardenal monseñor Eduardo Martínez Somalo, el Camarlengo, ha sido considerado un hombre muy próximo al Opus

El Opus Dei ha sabido ganar influencia y colocar a sus hombres en puestos estratégicos dentro del Vaticano. Stanislas Dziwisz (en la imagen) fue arzobispo y secretario de Wojtyla desde 1996; lo apodaban «la sombra del Papa».

Dei. El arzobispo Leonardo Sandri fue ministro de Asuntos Exteriores. El arzobispo Giovanni Lajolo fue secretario de Relaciones de Estados. El cardenal Joseph Ratzinger, actual papa Benedicto XVI, era el cardenal decano del Colegio Cardenalicio y cabeza de la Congregación para la Doctrina de la Fe, el ex Santo Oficio. Él era el brazo derecho de Juan Pablo II. Procesó a los mejores teólogos del mundo, combatiendo la teología de la liberación; se opuso al sacerdocio femenino; condenó con dureza la homosexualidad y prohibió la comunión a los divorciados que se han vuelto a casar. Ratzinger fue, sin duda, uno de los representantes más estrictos del conservadurismo de la Iglesia católica durante el anterior papado.

MEMORIA E IDENTIDAD

Como ya se ha explicado, es posible que muchos de los prelados que rodearon a Juan Pablo II tuvieran mucha influencia en el giro cada vez más radical de Wojtyla. Esa actitud crecientemente conservadora se aprecia en especial en el último libro publicado por Juan Pablo II, *Memoria e identidad, conversaciones entre milenios,* que se publicó en febrero de 2005 en Italia y que era el quinto libro escrito por Wojtyla.

Se trata de un libro de reflexiones donde el Santo Padre habla de las luchas del siglo XX contra el nazismo y el comunismo, del valor de la vida humana y donde describe su postura ante ciertas leyes de diferentes países de la Unión Europea. En este escrito, Juan Pablo II adoptó un discurso similar al de George Bush, que proclama que el mal es una realidad que amenaza a Occidente. Wojtyla sostuvo entonces que el Parlamento Europeo y otras instituciones democráticas son instrumentos de «una nueva ideología del mal». Como en la religión de Zarathustra, iniciando un debate entre el bien y el mal, el Papa habló del mal representado por el respaldo al aborto y las uniones homosexuales. El aborto fue uno de los temas que Juan Pablo II criticó con mayor fervor, comparándolo incluso con el Holocausto; según expresó, se trata de «un exterminio legal de seres concebidos y aún no nacidos» y cuyos culpables son «los parlamentos elegidos de forma democrática», que concurren con su decisión en la «violación de la ley de Dios». El Parlamento Europeo también fue duramente atacado por sus presiones a favor de las «uniones homosexuales como alternativa a la familia». El Papa llegó a insinuar en su libro la presencia de una nueva ideología del mal, sutil y oculta, que intenta utilizar los derechos humanos en contra del hombre y la familia. En sus últimas reflexiones, Juan Pablo II pareció advertir sobre la presencia de una conspiración del mal. Incluso sus enfermedades y su sufrimiento, que tantas veces se vio reflejado en los actos públicos, son causas del mal.

En su último libro también trató sobre el atentado que él mismo sufrió el 13 de mayo de 1981. Aquella fecha resultaría un punto de inflexión, el momento a partir del cual su fortaleza empezó a debilitarse a raíz de una serie de enfermedades. Juan Pablo II sostuvo que las fuerzas comunistas habían encargado al turco Ali Agca que acabase con su vida; según sus palabras, aquel atentado era «una de las últimas convulsiones de las ideologías de la prepotencia desencadenada en el siglo XX». Para Juan Pablo II, Ali Agca era un asesino profesional, un sicario que había sido contratado para matarle; los disparos fueron certeros y podrían haberlo asesinado, pero todo ocurrió «como si alguien guiara y desviara el proyectil», sostuvo Wojtyla. Los terribles momentos del atentado están relatados por el secretario del Papa, Stanislas Dziwisz, quien describe: «La bala traspasó el cuerpo del Santo Padre hiriéndole en el vientre, el codo derecho y el índice de la mano izquierda; la bala cayó finalmente entre el Papa y yo [...]. Sobre la vida y la muerte de Wojtyla decidieron varios elementos, como el tiempo que tardamos en llegar al hospital: algunos minutos más, un pequeño obstáculo en el camino, y habríamos llegado demasiado tarde. En todo es visible la mano de Dios, cada elemento lo indica [...], prácticamente estaba ya en el otro lado». Tras el atentado se creyó que Juan Pablo II no saldría con vida, prueba de ello es que, después de una fallida transfusión, Dziwisz le dio la extremaunción.

Una política firme y una salud delicada

La fortaleza física de Wojtyla le permitió ser uno de los papas más longevos y también le valió el nombre de «atleta de Dios». La tradición explica que sólo san Pedro tuvo un pontificado que duró de treinta y cuatro a treinta y siete años, hasta que fue crucificado por Nerón en el año 64; aquél sería el pontificado más largo si se le pudiera aplicar el concepto de papa, algo que no está tan claro. Otro de los papas que tuvo un largo pontificado fue Pío IX, que fue pontífice durante treinta y un años, siete meses y diecisiete días, falleciendo a los ochenta y cinco años de edad.

La salud de Juan Pablo II fue deteriorándose a partir del 13 de mayo de 1981, cuando,como ya se ha mencionado, fue víctima en la Plaza de San Pedro de Roma de un atentado cometido por el ciudadano turco Ali Agca. Este atentado, del que tanto le costó recuperarse, dejó secuelas en aquel hombre de sesenta y un años.

Durante la década de los noventa su fortaleza física fue disminuyendo y sus achaques evidenciaron ciertas dificultades para soportar una agenda llena de compromisos y viajes. El 15 de julio de 1992 fue operado de un tumor en el colon, durante esa operación le extirparon la vesícula biliar. Dos años más tarde, se fracturó el fémur derecho y fue necesario implantarle una prótesis de titanio para substituirle la cabeza del fémur, tras lo cual debió anular un viaje previsto a Estados Unidos. El 25 de diciembre de 1995

JORGE BLASCHKE

tuvo que interrumpir la lectura del mensaje de Navidad al verse afectado por una gripe muy intensa. Fue entre el 5 y el 7 de septiembre de 1996 cuando el portavoz del Vaticano anunció en Hungría que era posible que el Papa sufriera desórdenes neurológicos. Los temblores de su mano izquierda ya evidenciaban claramente un Parkinson. Esta enfermedad le obligó a moverse en una silla de ruedas a partir de 2004. Otras complicaciones hicieron mella en su salud: el 6 de octubre de 1996 fue operado de apendicitis y el 9 de septiembre de 1997 la debilidad le impidió ir al funeral de la madre Teresa de Calcuta. Entre el 5 y el 17 de junio de 1999 sufrió una caída en la nunciatura de Varsovia que obligó a los médicos a aplicarle tres puntos de sutura en la frente. Seguidamente, dos días después, tuvo que suspender sus actividades en Croacia a causa de un resfriado. En marzo de 2002 tuvo que reducir su aparición en la Semana Santa a causa de la artritis que le aquejaba. El 24 de septiembre de 2003 una indisposición intestinal le impidió asistir a la habitual audiencia de los miércoles en la plaza de San Pedro.

Durante el último año de su vida, la débil salud del Papa era un asunto público. El 31 de enero de 2005 sufrió un proceso gripal con dificultades respiratorias que obligó su ingreso en la clínica. El 24 de febrero tuvo una nueva recaída de su proceso gripal con dificultades respiratorias, por lo que nuevamente fue ingresado en el Hospital Policlínico de Gemelli, donde se le practicó una traqueotomía. Juan Pablo II salió del hospital dieciocho días después de su ingreso, la tarde del 13 de marzo de 2005. En una breve alocución con voz cansada y haciendo algunas pausas para poder respirar, demostró que la traqueotomía no le había privado del habla.

Finalmente, el 2 de abril de 2005, a las 21:37, Juan Pablo II falleció tras una larga agonía debida a las complicaciones de la traqueotomía.

¿QUISO RENUNCIAR JUAN PABLO II?

Se ha dicho que Juan Pablo II entregó a su secretario personal, el cardenal polaco Stanislas Dziwisz, un testamento en el que se recogía su renuncia en el caso de que su enfermedad de Parkinson avanzara al punto de hacerle perder la conciencia. Pero aún es una incógnita si Juan Pablo II entregó o no esta carta lacrada, con su dimisión y sin fecha, una carta en la que hacía referencia a su incapacidad mental. Las preguntas se suceden: ¿dónde está la carta?, ¿quedó en poder de la Secretaría de Estado?, ¿quién podría decidir abrirla?

La renuncia de un papa no es una cosa ni sencilla ni veloz. La Santa Sede es una monarquía absoluta de derecho divino, ya que el poder del Pontífice proviene, según la Iglesia católica, directamente de Dios.

La ley vaticana asegura que el poder reposa exclusivamente sobre el Papa. Los cánones 333 y 335 dicen que sólo el pontífice tiene el poder total y supremo sobre la Iglesia católica en todo el mundo y sobre sus fieles, potestad que puede ejercer libremente como heredero del primero de los apóstoles. Estos cánones son tan importantes que después de la muerte de un papa no pueden modificarse sus enseñanzas en materia de dogma, doctrina, fe y ética. El canon 335 destaca que «cuando la Silla de Pedro está vacía o el Papa está completamente impedido, no se puede hacer ninguna innovación en el gobierno de la Iglesia Universal».

No cabe duda de que se forzó la resistencia de Juan Pablo II, aunque él manifestó que no abandonaría aquel cargo que era «la cruz que Jesús había puesto sobre sus espaldas» y que seguiría llevando esa cruz hasta la muerte. Después de que le hicieran la traqueotomía, escribió en un papel: «¿Qué me han hecho? Pero yo soy siempre totus tus (todo tuyo)». Totus tus se convirtió en el lema de Juan Pablo II. El pontificado de Juan

Pablo II ha sido el segundo más largo de la historia, excluyendo el de San Pedro.[1]

Para el cardenal Angelo Sodano la dimisión de Wojtyla era un acto de «su conciencia». Sodano siempre consideró la dimisión como improbable. En la historia de la Iglesia católica sólo un papa dimitió, san Celestino V, que renunció en el año 1294, después de ejercer el papado durante cuatro meses, y se hizo eremita.

El teólogo Hans Küng explicaba que en Concilio Vaticano II se acordó la jubilación de los obispos, pero nadie se atrevió a plantear el retiro por edad del pontífice de Roma.

Hay quienes han visto como un abuso y maltrato a la intimidad de un hombre anciano, el hecho de que se lo continuara sometiendo al pontificado, con un ritmo de actividad insoportable. A este respeto, el obispo Rafael Sanus declaró en el año 2003: «Si se tratase de mi padre, yo no consentiría que apareciera así en televisión».

Hans Küng fue más radical al afirmar: «Este papa decrépito que no renuncia a su poder es para muchos católicos y no católicos el símbolo de una Iglesia anquilosada y envejecida tras su brillante fachada». En la misma línea, Umberto Rosi declaró: «No puede moverse y está tembloroso; no es una buena imagen para la Iglesia». Y finalmente, Casiano Floristán, teólogo emérito de la Universidad Pontificia de Salamanca, expresó: «No es bueno que un papa enfermo dirija los destinos de la Iglesia católica, debería dimitir».

Es evidente que la renuncia de un papa suele originar inconvenientes entre los responsables del Vaticano. La situación resulta complicada, el nuevo papa parece encontrarse supeditado a lo que el anterior ha promulgado: ¿el nuevo pontífice puede cambiar

---

1. La tradición dice que vivió entre treinta y cuatro y treinta y siete años, pero no existen datos rigurosos.

A los hombres que rodearon a Juan Pablo II se los comparó con «los hombres del presidente» de Nixon. En la imagen, uno de ellos, el cardenal Angelo Sodano, estrecho colaborador del Papa durante la caída del muro de Berlín.

algunos aspectos de la política vaticana que han sido decretados por el papa anterior?, ¿puede contradecir sus deseos y órdenes?, ¿puede preferir ciertas corrientes religiosas que el papa anterior ha marginado?, ¿puede levantar excomuniones o expulsiones de teólogos castigados en el mandato anterior?... Pero, ante todo, ¿qué presiones se originarían en el cónclave, durante la elección, sabiendo que hay un papa vivo que tiene determinadas inclinaciones hacia su sucesor o que prefiere una línea religiosa concreta?

La última realidad sobre la posible renuncia del Papa se desveló en su testamento, en donde el Papa manifestaba su deseo de dimitir en el año 2000. Al parecer, el pontífice estudió seriamente esa opción después de cumplir los ochenta años, pero por motivos que no fueron revelados y que apuntan a problemas dogmáticos, continuó su papado hasta el 2 de abril de 2005, fecha de su fallecimiento.

Las facciones que se disputan el poder de Roma

Alrededor de Juan Pablo II, sobre todo durante sus últimos años de vida, se ubicaron diversos grupos que representaban intereses concretos. En general, aquellos grupos intentaban colocar su «papabilia», o sea, conseguir del papa que prefiriera unas líneas más conservadoras o unas más progresistas y, luego, tras la muerte del papa y cuando se realizaba el cónclave, lograr el pontificado para uno de sus representantes.

Los cardenales se suelen dividir entre progresistas y conservadores. Sin embargo, esta clasificación sólo tiene unos fines prácticos, ya que muy pocas veces representan posturas verdaderamente progresistas los así llamados. Desengañémonos: no existen «progresistas» propiamente dichos entre los cardenales elegidos por Juan Pablo II para sustituirlo. A lo largo de su extenso mandato, Juan Pablo II conformó un colegio cardenalicio a su imagen y semejanza. Ha nombrado a 129 cardenales, dos de ellos del Opus Dei y más de una docena que harán lo que el Opus Dei diga. Los cardenales que representan a Latinoamérica están muy lejos de los postulados de la teología de la liberación y son más bien religiosos conservadores. De hecho, obispos críticos con la ortodoxia del Vaticano como Helder Câmara o Pedro Casaldáliga nunca han tenido la posibilidad de ser cardenales. En realidad, podría decirse que todos los cardenales elegidos por Juan Pablo II se parecen y que pocos de ellos se apartan de la línea que marcó aquél. En cierta forma, la monarquía absolutista que rige a la Iglesia católica, sigue siendo tan hereditaria como en tiempos de esos papas que concedían el manto púrpura a primos y sobrinos. Los papas actuales procuran elegir cardenales incondicionales a ellos tanto en lo dogmático, como en lo doctrinal y en lo personal.

La realidad es que, ocasionalmente, existen cardenales que dan su apoyo a una mayor apertura social, aunque a veces resultan muy cerrados en lo relativo a los aspectos doctrinales. También al revés. Juan Pablo I fue un cardenal piadoso, conservador pero empeñado en la lucha contra la riqueza de la Iglesia, motivo por el que duró como papa sólo treinta y tres días. Se ha conocido que, en la víspera de su muerte, Juan Pablo I había discutido acaloradamente con los cardenales de la curia romana sobre unas reformas drásticas para revestir a la Iglesia con una imagen de pobreza, y que incluso amenazó con irse a vivir a un barrio popular a las afueras de Roma.

Se puede decir que la sucesión de Juan Pablo II ha determinado dos grandes bloques de opinión entre los cardenales. Por un lado, los que deseaban que el poder del papa continase en Roma, en la curia romana, arropado por el dogma de la inhabilidad; y, por otro lado, quienes defendían que el poder se moviera hacia la periferia, otorgando más ingerencia a las Conferencias Episcopales. Estos últimos también apoyaban que los sínodos de obispos tengan un poder más deliberativo y no tan sólo consultivo como ahora. También estaban los que querían un papa que tuviera experiencia en la curia y los que abogaban por un papa «pastor», es decir, un pontífice que realizara una labor pastoral. Otros grupos estaban representados por los jesuitas, que han ido perdiendo cabida durante el papado de Wojtyla, y el Opus Dei, que ha ganado influencia en el Vaticano y que, por primera vez, ha ingresado oficialmente en el cónclave con representantes propios.

De una forma esquemática y breve podría decirse que la Iglesia de Roma se enfrenta a diferentes tendencias que, si bien son todas bastante conservadoras, también tienen sus diferencias. El nuevo papa Benedicto XVI deberá tener en cuenta a todas estas tendencias anteriores a su elección y que continuarán existiendo. Así, hay un grupo de cardenales que apuestan por la descentralización del gobierno de la Iglesia, grupo que está representado por Cormac Murphy-O'Connor, arzobispo de Westminster,

Mario Francesco Pompeda y José da Cruz Policarpo. Otro grupo, en el que están Eduardo Martínez Somalo, Angelo Sodano, Dario Castrillon Hoyos y Giovanni Battista Re, es favorable al poder de la curia. Otro sector se manifiesta a favor de una iglesia más social, constituido por Oscar Rodríguez Madariaga, Dionigi Tettamanzi, Christian Wiyghan Tumi, Claudio Humees y Renato Raffaele Martino. Existe un grupo que aboga particularmente por la defensa de la moral, encarnado en los cardenales George Pell y Alfonso López Trujillo. En el grupo de los preocupados por la defensa de la tradición, entre quienes se incluía el cardenal Joseph Ratzinger, destaca Giacomo Biffi. El sector de Iglesia y Occidente tiene a Camili Ruini como principal exponente, mientras que al grupo preocupado por el diálogo con otras religiones, lo encarnan Francis Arizne, Walter Kasper e Iván Días. Finalmente, el grupo de integrantes de movimientos está representado por Angelo Scola y Juan Luis Ciprani Thorne.

JESUITAS, UNA COMPAÑÍA MARGINADA

La apuesta del papa Juan Pablo II por los movimientos cristianos y su enfrentamiento con los teólogos ha repercutido en la popularidad de los jesuitas. Juan Pablo II tenía preferencia por movimientos como los Legionarios de Cristo, el Opus Dei, el Camino Neocatecumenal y Comunión y Liberación, lo que ha significado relegar a congregaciones religiosas tradicionales como los jesuitas.

La Compañía de Jesús se ha visto presionada y castigada en los últimos veinte años por la Congregación de la Doctrina de la Fe, la antigua Inquisición. La causa hay que buscarla en el cambio que experimentó la Compañía de Jesús después del Vaticano II, cuando se hizo más radical su compromiso con los pobres y la liberación de los pueblos, alineándose así en la teología de la liberación. A partir de 1980 el Vaticano intentó disciplinar a la Compañía de

Desde 1980, el Vaticano se dedicó a «disciplinar» a la Compañía de Jesús. Lo primero que hizo fue «sugerir» a Pedro Arrupe (en la imagen), general de la orden, que dimitiera.

Jesús y, como primera medida, prohibió a Pedro Arrupe, general de la orden, que convocara a una Congregación General en 1981, diciéndole: «No quiero que convoque esta Congregación» y aconsejándole, «por el bien de la Iglesia y el bien de su propia orden», que dimitiera. Tras esta acción Arrupe fue aislado durante un año y sustituido por Paolo Dezza, un hombre octogenario, y por el padre Pittau, ambos descontentos con el aperturismo de la Compañía de Jesús.

Juan Pablo II incluso emitió una orden escrita en la que suspendía la constitución jesuítica y, en 1983, permitió el nombramiento del propósito general Peter-Hans Kolvenbanch.

La Compañía de Jesús reconoce que existe un manifiesto retroceso en su compromiso de solidaridad con los pobres, y, también, una pérdida de poder en el Vaticano y confianza en sus cardenales. La realidad es que los jesuitas han perdido en los últimos veinte años a 10.000 de sus efectivos, quedándose con 20.000 miembros y unos 929 novicios. Es indudable que Juan Pablo II, a través de las influencias del Opus Dei, se oponía a las vinculaciones de esta orden con la teología de la liberación en América Central y a otros aspectos que consideraba demasiado liberales.

Finalmente, cabe destacar que el mejor y más popular exponente que tienen los jesuitas en el colegio cardenalicio es Carlo María Martini, arzobispo de Milán, Premio Príncipe de Asturias en Ciencias Sociales, licenciado en Teología y Sagradas Escrituras. Un hombre que domina seis idiomas, además del latín y el griego clásico. Se le considera un moderador entre corrientes diversas.

El Opus Dei

Cuando Juan Pablo II emprendió la recristianización de Europa, hizo del Opus Dei su mejor y más fiel aliado, ya que se unía a una institución que posee cerca de 80.000 miembros en más de 87 países del mundo, 497 universidades, 53 emisoras de radio y televisión, 12 productoras de cine, 694 publicaciones y 38 agencias de información.

Lo cierto es que el Opus Dei es para muchos una institución religiosa y para otros una secta que algunos han calificado de «mafia santa». El objetivo del Opus Dei es potenciar y difundir la llamada religiosa en el ejercicio del trabajo profesional. La libre incorporación de laicos, tanto hombres como mujeres, le ha permitido extenderse rápidamente. En España, tuvo una importante influencia durante el régimen franquista y durante el gobierno de José María Aznar consiguió colocar a cuatro de sus miembros en los más altos estadios de poder político —Federico Trillo, Loyola de Palacio, Isabel Tocino y José María Michavila—, aunque también debió enfrentarse a la competencia de los seguidores del Camino Neocatecumenal de Argüello, que contaban con el apoyo de Ana Botella, la esposa de Aznar. Ya durante el franquismo, el Opus Dei tuvo varios de sus miembros en influyentes cargos políticos, como fue el caso de Carrero Blanco,

La beatificación del fundador del Opus Dei, Josemaría Escrivá de Balaguer, realizada con urgencia y entre irregularidades, corrobora el poder de esta orden en el Vaticano.

López Rodó, Gregorio López Bravo o Alfonso Armada. En relación con la Zarzuela estaban Fernando Gutiérrez, ex jefe de prensa, Laura Hurtado, ex secretaria particular de la Reina, y el confesor real Federico Suárez Verdaguer.

Básicamente podría decirse que el Opus Dei busca tener socios numerarios en destacados cargos directivos del mundo comercial y financiero, como es el caso del banquero Luis Valls Taberne, pero también en medios de comunicación como la COPE o Radio Stel, en el mundo educativo (Universidad de Pamplona) e incluso en la salud (Clínica de Pamplona). Su estrategia consiste en ubicar a sus miembros en diferentes estratos del poder político, social, económico y religioso, desde donde realizar proselitismo de su doctrina y difundirla.

El teólogo Leonardo Boff ha dicho sobre el Opus Dei: «También está formado por legos, pero se inclinan ante el poder del clero; utilizan medios sofisticadísimos de comunicación para vender su imagen de modernidad pero son defensores de una política reaccionaria; se comparan con los que hace 500 años utilizaron técnicas de navegación para subyugar y diezmar a los pueblos latinoamericanos».

Posiblemente el mayor triunfo que ha conseguido el Opus Dei en el Vaticano ha sido la beatificación de Josemaría Escrivá de Balaguer (1902-1975), fundador de la institución. Esta beatificación ha sido una muestra del poder y la influencia que el Opus Dei tiene en la máxima sede del poder religioso. Nunca una beatificación fue realizada tan rápidamente y con tantas irregularidades.

Josemaría Escrivá de Balaguer es uno de los personajes más polémicos del catolicismo, especialmente por sus hechos y su carrera. En su biografía abundan libros, en partes iguales, en los que hay positivo y negativo. Para unos es un santo, para otros es un personaje detestable, arribista y oportunista capaz de todo.

La beatificación de Escrivá de Balaguer fue una de las más rápidas que se han realizado. Tan sólo diecisiete años después de fallecer fue beatificado por el Papa, lo que demuestra las influencias del Opus Dei en el entorno de Juan Pablo II. Por poner un ejemplo, la beatificación más rápida que se hizo, anterior a él, fue la del carmelita F. Saveria Cabrini, que tuvo lugar veintiún años después de su fallecimiento. Hubo muchas suspicacias, controversia, sospechas e irregularidades en la beatificación de Escrivá de Balaguer. Kenneth Woodward, católico y responsable de los temas religiosos en la prestigiosa revista *Newsweek,* alegó cinco irregularidades en la beatificación del fundador del Opus Dei. Entre ellas, la presión de los miembros del Opus Dei sobre obispos, sacerdotes y prelados a los que se les requería el envío de cartas al Papa para apoyar la causa, lo cual significa una clara violación del requisito de que las cartas sean remitidas espontáneamente. Otra irregularidad la constituyó la abundante documentación aportada por el confesor y sucesor del beato, Avaro del Portillo y Javier Echevarria, ya que de las 2.101 páginas del proceso, 839 pertenecían a estos miembros del Opus Dei. Evidentemente se omitió la relación entre el Opus Dei y el dictador Francisco Franco para evitar el factor de vinculación política. Tampoco el cardenal Pietro Palazzinni actuó con objetividad en el momento de respaldar o rechazar determinados testigos contrarios a la beatificación, que resultaron excluidos. Las quejas de la beatificación fueron muchas en todas las partes del mundo, entre ellas, por citar un caso, la de los alumnos y profesores de la Facultad de Teología de Cataluña.

En la actualidad, dentro del Vaticano, el Opus Dei tiene buena armonía con Eduardo Martínez Somalo, el Camarlengo, y también con Rouco Varela. Entre los cardenales del Opus Dei citaré a Julián Herranz, que estudió medicina en la Universidad de Navarra, donde se doctoró en 1958. También es del Opus Dei el arzobispo de Lima, Perú, Juan Luis Cipriani, polémico por su defensa y colaboración con el ex presidente Alberto Fujimori. Cipriani fue elevado a cardenal en el año 2002.

Nadie pone en duda que la Obra, con su influencia en el Vaticano, ha intervenido en el diseño del proceso de restauración de la Iglesia católica en los últimos años. Ya en Croacia, el Opus Dei invitaba a Wojtyla a congresos de la Obra en Roma y Encuentros Sacerdotales. Hubo sintonía entre ambos en la devoción mariana, el conservadurismo teológico, el autoritarismo eclesiástico y el rigorismo moral.

Algunos estudiosos sostienen que el Opus Dei diseñó la estrategia de elección de Wojtyla desde el cuartel general de la Obra en Villa Tevere, en Roma. Sea este dato verdad o especulación, está claro que existe una estrategia del Opus Dei, que se advirtió con el nombramiento de Martínez Somalo; con las conexiones con la Obra; con la actuación de cardenal Pietro Palazzini, también ligado a la Obra, que aceleró el proceso de beatificación de Escrivá de Balaguer; con el nombramiento de Joaquín Navarro-Valls, miembro numerario de la Obra y única voz autorizada del Papa, hombre que ha llegado a vetar la participación de determinados periodistas en los viajes papales.

Con Angelo Sodano, en 1990, el Opus consiguió el control pleno del poder en el Vaticano. Sodano fue el cardenal que intercedió para que los británicos permitieran regresar a Chile a Pinochet, y también fue la eminencia que calificó a Leonardo Boff de traidor al estilo de Judas.

La influencia del Opus Dei se ha notado en la política de nombramientos de obispos, arzobispos y cardenales. Pero el punto culminante de se produjo cuando el Opus fue elevado a la categoría de prelatura personal; convirtiéndose en una diócesis supraterritorial, no sometida a la jurisdicción de los obispos locales, un hecho sin precedentes en la historia del cristianismo.

Nadie duda de que el Opus Dei vio con buenos ojos la «purga» de la Compañía de Jesús y la lucha contra la teología de la liberación. La Obra ha marcado con sus influencias una política de dureza y conservadurismo. Para ello ha contado con la ayuda del cardenal Cipriani, arzobispo de Lima, y monseñor Saénz Lacalle, arzobispo de San Salvador.

BENEDICTO XVI, EL NUEVO PAPA

Con la elección de Joseph Ratzinger como nuevo papa queda en evidencia que predomina en el Vaticano la línea dura de la defensa a ultranza de la fe. Ratzinger es ante todo un hombre de autoridad moral y teológica, un hombre poderoso en la curia, única razón para entender que fuera elegido por los cardenales.

Es evidente que este papa se perfila como un férreo guardián de las esencias de la Iglesia y un defensor de las verdades de la

La elección de Joseph Ratzinger como nuevo papa confirma la preeminencia de la línea ortodoxa del Vaticano.

fe sin miedo a ser tachado de fundamentalista. Ratzinger es un hombre inapelable cuando se trata del dogma de la Iglesia.

Su elección ha representado un fuerte golpe hacia muchos teólogos y hacia la teología de la liberación, hacia los progresistas y los defensores del celibato, hacia el sacerdocio femenino y la presencia de homosexuales en la Iglesia.

Estamos ante un hombre duro que pasó por las juventudes hitlerianas. Aunque, en honor a la verdad, Ratzinger no simpatizó con el nazismo, sí es cierto que la rectitud de su educación determinó su carácter y la intransigencia en sus posturas. No ha dudado en enfrentarse a su compañero de clase, el teólogo Hans Küng, y hacer de él su adversario furibundo; tampoco en dirigir la represión vaticana a su discípulo y también teólogo Leonardo Boff. Ratzinger se alejó de las líneas progresistas defendidas por el Vaticano II para convertirse en un cardenal conservador que fue nombrado prefecto de la Congregación para la Doctrina de la Fe, antiguo Santo Oficio y triste herencia de la Santa Inquisición. Nunca estuvo a favor del diálogo con otras Iglesias cristianas, como demostró en su carta «Dominus Jesús», en el año 2000, en donde su gran radicalismo le llevó a decir: «Sólo en la Iglesia católica se encuentra la salvación eterna».

Ratzinger ha condenado a más de cien teólogos por haber intentado poner en práctica las aperturas del Concilio Vaticano II, se ha mostrado intransigente con la teología de la liberación, el uso de anticonceptivos, determinados avances científicos, el aborto, la eutanasia, la homosexualidad y el sacerdocio femenino. ¿Cómo es posible que los cardenales del tercer milenio y el Tercer Mundo hallan dado su voto al más rígido conservador de todos los cardenales? ¿Qué relación tiene Benedicto XVI con la última divisa de Malaquías? ¿Estamos ante el último papa o quizás ante el final de una forma de hacer cristianismo?

BENEDICTO XVI Y LA ÚLTIMA DIVISA DE MALAQUÍAS

Lo primero que todos los investigadores buscarán es la relación existente entre la última divisa pronunciada por Malaquías, De Gloria Olivae, y el ascenso de este nuevo papa. Ya hemos explicado los posibles significados que tiene esta divisa, su posible relación con Palestina o Etiopía. Sin embargo, no parece que Benedicto XVI esté muy dispuesto a dialogar con otras religiones como la judía o la musulmana, tampoco parece dispuesto a viajar para llevar la paz entre palestinos e israelíes, aunque, ciertamente, ninguna opción puede descartarse, como tampoco se puede desechar que su línea conservadora mute al progresismo, como ocurrió con Roncalli-Juan XXIII.

Si comparamos a Benedicto XVI y su trayectoria como cardenal con la planta de olivo, apreciaremos que este árbol tiene una madera bastante dura, similar a la dureza doctrinal que manifiesta Ratzinger. También apuntaremos a un hecho coincidente: el olivo florece en mayo, y ha sido precisamente en este mes cuando Benedicto XVI empezara a ejercer plenamente como papa, a realizar nombramientos de los altos cargos de la curia, a definir sus primeras encíclicas, a tomar las primeras decisiones referentes a la organización de la curia y las cuestiones de doctrina, moral y disciplina.

El árbol del olivo se puede encontrar no sólo en el área mediterránea, sino también en El Cabo, California, y en América meridional, lugares que podrían convertirse en objetivos de viaje de Benedicto XVI.

La Biblia hace mención en varios pasajes al olivo y su aceite. En Romanos, Pablo habla sobre él metafóricamente, también se le menciona en el Génesis y en el Deuteronomio, pero en Isaías 17, 6 encontramos un pasaje que ofrece diversas interpretaciones: «Y quedarán en él rebuscos, como cuando sacuden el olivo; dos o tres frutos en la punta de la rama, cuatro o cinco en sus ramas más fructíferas, dice Jehová». Si relacionamos este pasaje con la última divisa, De Gloria Olivae, podría tener relación a un cambio evidente en el Vaticano, un cambio en el que sólo quedarían «algunos frutos» entre los prelados de la curia. ¿Podría referirse este fragmento a las duras palabras que tuvo Ratzinger contra los propio miembros de la curia acusándoles de progresismo? También este párrafo podría tener relación con algún suceso referente al Vaticano que obliga a abandonar la Santa Sede azotada por una «sacudida».

La relación entre el olivo y el nuevo papa también puede encontrarse en algunas expresiones populares. Por ejemplo «dar el olivo» significa despedir, expulsar. Es evidente que Ratzinger, en su labor como cardenal, ha expulsado de la Iglesia a una significativa cantidad de teólogos. ¿Quiere decir esto que continuará su política de expulsiones? ¿Quiere decir que las expulsiones se extenderán a los miembros de la curia que no confiesen con su línea conservadora? Aún encontramos otra expresión más preocupante: «tomar el olivo», que, principalmente en Francia, quiere decir guarecerse en la barrera, despedirse, marcharse, huir, escapar. ¿Tiene relación esta expresión con los acontecimientos sobre la destrucción de Roma de los que habla Malaquías? ¿Tendrá Benedicto XVI que guarecerse en algún lugar, huir, escapar ante determinados acontecimientos?

Estamos ante la última divisa de Malaquías, la 111, que corresponde a Benedicto XVI, y sabemos que el profeta ya no designó ninguna divisa más porque para él ésta era la última y, por tanto, también era éste el último papa, tras el cual un tal Pedro el Romano se hará cargo de la Iglesia. Pero entre medio ocurrirán terribles acontecimientos. No debemos pensar que la única interpretación de este augurio es que llega ahora el final de la Iglesia católica; es posible que el fin que se insinúa sea el de una forma de hacer la Iglesia católica. Es decir, quizás nos depare una Iglesia católica más adaptada a los tiempos que vivimos, una Iglesia católica en la que los nuevos pontífices sean elegidos por el conjunto de todos los cristianos.

LO QUE EL MUNDO ESPERABA DEL NUEVO PAPA

¿Qué esperaba el mundo del próximo papa? ¿Cómo debió haber sido el nuevo papa?

Para el teólogo Leonardo Boff, la Iglesia del siglo XXI necesitaba un papa que se dejase orientar por Belén y no por Roma, un papa que abandonase el carácter triunfal y faraónico del Vaticano, un papa capaz de irse a vivir a un barrio periférico de Roma, junto a los pobres y humillados. Boff destaca textualmente: «Los pobres sueñan que va a llegar un día en el que el Papa representará al Cristo histórico verdadero, que fue un pobre».

Boff insiste en la necesidad de un papa que tome en serio la opción por los pobres y apoye sus luchas, ya que «el cristianismo auténtico es el que sabe conectar con las grandes cuestiones actuales, como la injusticia que atenaza a las grandes mayorías del mundo». Por tanto, según Boff, hoy no hace falta un papa intelectual, ni político, ni polígota, ni gran comunicador, sino un papa amigo de los más humillados.

Para Hans Küng, la Iglesia del futuro tiene que estar orientada hacia las tareas del presente. También tiene que ser una Iglesia de iguales, que aúne ministerio y carisma y que incorpore a la mujer a todos los ministerios eclesiásticos. Debe ser una Iglesia no confesional, sino ecuménicamente abierta, que reconozca todos los ministerios de las demás Iglesias, que invalide todas las excomuniones y que autorice una comunidad en la comunión. Una Iglesia no eurocéntrica, que no esgrima ninguna pretensión cristiana excluyente ni reivindique el imperialismo romano, una Iglesia tolerante y universal.

La realidad es que el nuevo papa, Benedicto XVI, ya no tendrá que luchar contra el comunismo como Juan Pablo II; por primera vez el Papa se enfrentará a un mundo sin presión comunista. No obstante, tendrá que enfrentarse al islamismo radicar, a los integristas del mundo islámico y a las sectas evangélicas que poco a poco se apoderan de Latinoamérica. También tendrá que enfrentarse al neoevangelismo de Estados Unidos, que se apoya en técnicas modernas de radio, televisión e Internet y así se extiende por todo el mundo. Dentro de esta misma línea estará la aparición de nuevas religiones, como dice Ken Wilber en *El ojo de la mente:* «Si el pasado tuvo grandes religiones, el futuro las tendrá todavía mejores». También se enfrentará a descenso alarmante en la cantidad de monjas, que en los últimos treinta y cuatro años han pasado de ser 1.004.304 a 755.339; y a un descenso en la ordenación de sacerdotes, que en el mismo periodo de tiempo han pasado de 419.728 a 396.647. Las causas de estas desmembraciones tal vez podrán encontrarse en la necesidad de la mujer de incorporarse al sacerdocio y en la necesidad del celibato tanto para unas como para otros.

Benedicto XVI tendrá que aceptar el laicismo de Europa y comprender que no puede intentar regular la religión de algunos países presionando a sus gobiernos, aunque su último sermón como cardenal no parece mostrar disposición en este aspecto. Por otra parte, tendrá que enfrentarse a los nuevos avances de la ciencia, que cada vez serán más espectaculares, y a los nuevos descubrimientos arqueológicos e históricos, que, en muchas ocasiones, no coincidirán con la historia que la Iglesia ha difundido sobre el cristianismo.

Entre los aspectos más inverosímiles, y ya no contemplado tan sólo como posibilidad para la ciencia-ficción, es posible que se establezca contacto con otras civilizaciones en otros planetas y que éstas aporten una nueva visión religiosa del universo.

Posiblemente uno de los mayores problemas con los que se enfrentará Benedicto XVI serán las exigencias del clero de base, que, más que nunca, demandará el celibato y la participación de la mujer en el sacerdocio.

Podría asegurarse que este papa se enfrentará a más presiones que ningún pontífice, ya que se le exigirá, por un lado, que no acceda al más mínimo cambio, mientras por otro lado se le requieren grandes y dramáticos cambios.

En resumen, el nuevo papa deberá poseer la fuerza física y espiritual necesaria para encontrar medios de acomodar la Iglesia a un mundo rápidamente cambiante, sin comprometer los principios básicos que le han servido de cimiento desde su fundación durante casi dos mil años. Pero también tendrá que enfrentarse a la posibilidad de que la profecía de Malaquías no sea un simple anuncio más y se convierta en un hecho de consecuencias inesperadas.

EL ÚLTIMO
PAPA Y EL FIN
DE LA IGLESIA

APÉNDICE

LISTA DE PAPAS Y ANTIPAPAS DESDE SAN PEDRO HASTA LA ACTUALIDAD

Nombre	Origen	Pontificado	Antipapa
Pedro	hebreo	33-67	No
Lino	toscano	67-78	No
Anacleto	ateniense	78-88	No
Clemente I	romano	88-97	No
Evaristo	griego	97-105	No
Alejando I	romano	105-115	No
Sixto I	romano	115-125	No
Telesforo	griego	125-136	No
Higinio	griego	136-149	No
Pío I	italiano	140-155	No
Aniceto	sirio	155-166	No
Sotero	italiano	166-174	No
Eleuterio	griego	174-189	No
Víctor I	africano	189-199	No
Ceferino	romano	199-217	No
Calixto I	romano	217-222	No
Urbano I	romano	222-230	No
Ponciano	romano	230-235	No
Antero	griego	235-236	No
Fabián	romano	236-250	No
Cornelio	romano	251-253	No
Novato	africano	251-?	Sí
Lucio I	romano	253-254	No
Esteban I	romano	254-257	No
Sixto II	griego	257-258	No
Dionisio	se desconoce	259-268	No
Félix I	romano	269-274	No
Eutiquiano	toscano	275-283	No
Cayo	dálmata	283-296	No
Marcelino	romano	296-304	No

Lista de papas y antipapas, desde san Pedro hasta la actualidad (cont.)

NOMBRE	ORIGEN	PONTIFICADO	ANTIPAPA
Marcelo I	romano	308-309	No
Eusebio	griego	309-310	No
Milciades	africano	311-314	No
Silvestc I	romano	314-335	No
Marcos	romano	336-336	No
Julio I	romano	337-352	No
Liberio	romano	352-366	No
Félix II	romano	356-357	Sí
Dámaso I	español	366-384	No
Ursino	romano	366-367	Sí
Siricio	romano	384-399	No
Anastasio I	romano	399-401	No
Inocencio I	italiano	401-417	No
Zósimo	griego	417-418	No
Bonifacio I	romano	419-422	No
Eulalio	romano	418-419	Sí
Celestino I	italiano	422-432	No
Sixto III	romano	432-440	No
León I	toscano	440-461	No
Hilario	sardo	461-468	No
Simplicio	italiano	468-483	No
Félix II	romano	483-492	No
Gelasio I	romano	492-496	No
Anastasio II	romano	496-498	No
Símaco	sardo	498-514	No
Lorenzo	romano	498-501	Sí
Hormisdas	italiano	514-523	No
Juan I	italiano	523-526	No
Félix III	italiano	526-530	No
Bonifacio II	romano	530-532	No
Dióscoro	romano	530-?	Sí
Juan II	romano	533-535	No

Nombre	Origen	Pontificado	Antipapa
Agapito I	romano	535-536	No
Silverio	italiano	536-537	No
Vigilio	romano	537-555	No
Pelagio I	romano	556-561	No
Juan III	romano	561-574	No
Benedicto I	romano	575-579	No
Pelagio II	godo	579-590	No
Gregorio I	romano	590-606	No
Sabibiano	toscano	604-606	No
Bonifacio III	romano	607-607	No
Bonifacio IV	italiano	608-615	No
Deodato I	romano	615-618	No
Bonifacio V	italiano	619-625	No
Honorio I	italiano	625-638	No
Severino	romano	640-640	No
Juan IV	dálmata	640-642	No
Teodoro I	griego	642-649	No
Martín I	toscano	649-655	No
Eugenio I	romano	654-657	No
Vitaliano	italiano	657-672	No
Deodato II	romano	672-676	No
Donato	romano	676-678	No
Agatón	siciliano	678-681	No
León II	siciliano	682-683	No
Benedicto II	romano	684-685	No
Juan V	sirio	685-686	No
Conón	tracio	686-687	No
Teodoro	romano	687-687	Sí
Sergio I	sirio	687-701	No
Pascal	romano	687-?	No
Juan VI	griego	701-705	No
Juan VII	griego	705-707	No
Sisinio	sirio	708-708	No
Constantino	sirio	708-715	No

Lista de papas y antipapas, desde san Pedro hasta la actualidad (cont.)

Nombre	Origen	Pontificado	Antipapa
Gregorio II	romano	715-731	No
Gregorio III	sirio	731-741	No
Zacarías	griego	741-752	No
Esteban II	romano	752-757	No
Pablo I	romano	757-767	No
Constantino	toscano	767-767	Sí
Felipe	italiano	767-767	Sí
Esteban III	siciliano	768-772	No
Adriano I	romano	772-795	No
León III	romano	795-816	No
Esteban IV	romano	816-817	No
Pascual I	romano	817-824	No
Eugenio III	romano	824-827	No
Valentín	romano	827-827	No
Gregorio IV	romano	827-844	No
Juan	se desconoce	844-844	Sí
Sergio II	romano	844-847	No
León IV	romano	847-855	No
Benedicto III	romano	855-858	No
Anastasio	se desconoce	855-880	Sí
Nicolás I	romano	858-867	No
Adriano II	romano	867-872	No
Juan VIII	romano	872-882	No
Marino I	toscano	882-884	No
Adriano III	romano	884-885	No
Esteban V	romano	885-891	No
Formoso	italiano	891-896	No
Bonifacio VI	romano	896-896	No
Esteban VI	romano	896-897	No
Romano	romano	897-897	No
Teodoro II	romano	897-897	No
Juan IX	italiano	898-900	No

APÉNDICE

NOMBRE	ORIGEN	PONTIFICADO	ANTIPAPA
Benedicto IV	romano	900-?	No
León V	italiano	903-903	No
Cristóforo	romano	903-904	Sí
Sergio III	romano	904-911	No
Anastasio III	romano	911-913	No
Landón	italiano	913-914	No
Juan X	italiano	914-928	No
León VI	romano	928-928	No
Esteban VII	romano	928-931	No
Juan XI	romano	931-935	No
León VII	romano	936-939	No
Esteban VIII	alemán	939-942	No
Marino II	romano	942-946	No
Agapito II	romano	946-955	No
Juan XII	romano	955-964	No
León VIII	romano	963-965	Sí
Benedicto V	romano	964-966	No
Juan XIII	romano	965-972	No
Benedicto VI	romano	973-974	No
Bonifacio VII	romano	974-984	Sí
Benedicto VII	romano	974-983	No
Juan XIV	italiano	983-984	No
Juan XV	romano	985-996	No
Gregorio V	alemán	996-999	No
Juan XVI	italiano	997-998	Sí
Silvestre II	francés	999-1003	No
Juan XVII	italiano	1003-1003	No
Juan XVIII	romano	1004-1009	No
Sergio IV	romano	1009-1012	No
Benedicto VII	italiano	1012-1024	No
Gregorio	romano	1012-1012	Sí
Juan XIX	italiano	1024-1032	No
Benedicto IX	italiano	1032-1044	No
Silvestre III	romano	1045-1045	Sí

Lista de papas y antipapas, desde san Pedro hasta la actualidad (cont.)

NOMBRE	ORIGEN	PONTIFICADO	ANTIPAPA
Gregorio VI	romano	1045-1046	No
Clemente II	alemán	1046-1047	No
Dámaso II	alemán	1048-1048	No
León IX	alsaciano	1049-1054	No
Víctor II	alemán	1055-1057	No
Esteban IX	lorenés	1057-1058	No
Benedicto X	romano	1058-1059	Sí
Nicolás II	saboyardo	1059-1061	No
Alejandro II	italiano	1061-1073	No
Honorio II	italiano	1061-1072	Sí
Gregorio VII	toscano	1073-1085	No
Clemente III	italiano	1080-1084	Sí
Víctor III	italiano	1086-1087	No
Urbano II	francés	1088-1099	No
Pascual II	italiano	1099-1118	No
Teodorico	se desconoce	1100-1100	Sí
Alberto	se desconoce	1102-1102	Sí
Silvestre IV	romano	1105-1111	Sí
Gelasio II	italiano	1118-1119	No
Gregorio VIII	francés	1118-1121	Sí
Calixto II	borgoñón	1119-1124	No
Honorio II	italiano	1124-1130	No
Inocencio II	romano	1124-1130	Sí
Anacleto II	italiano	1130-1143	No
Celestino II	romano	1130-1138	Sí
Víctor IV	italiano	1138-1138	Sí

Lista de papas y antipapas desde san Pedro hasta la actualidad

(A partir de la profecía de Malaquías)

Nombre	Origen	Pontificado	Antipapa	Divisa
Celestino II	toscano	1143-1144	No	Ex Castro Tiberis
Lucio II	italiano	1144-1145	No	Inimicus Expulsus
Eugenio III	italiano	1145-1153	No	De Magnitudine Montis
Anastasio IV	romano	1153-1154	No	Abbas Suburranus
Adriano IV	inglés	1154-1159	No	De Ruro Albo
Alejandro III	toscano	1159-1181	No	Ex Ansere Custode
Víctor IV	italiano	1159-1164	No	Ex Tetro Carcere
Pascual III	italiano	1164-1168	Sí	Via Transtiberina
Calixto III	húngaro	1170-1177	Sí	De Pannonia Tusciae
Lucio III	toscano	1181-1185	No	Lux in Ostio
Urbano III	italiano	1185-1187	No	Sus in Cribro
Gregorio VIII	italiano	1187-1187	No	Ensis Laurentii
Clemente III	romano	1187-1191	No	De Scholia Exiet
Celestino III	romano	1191-1198	No	De Rure Bovensi
Inocencio III	italiano	1198-1216	No	Comes Signatus
Honorio III	romano	1216-1227	No	Canonicus ex Latere
Gregorio IX	italiano	1227-1241	No	Avis Ostiensis
Celestino IV	italiano	1241-1241	No	Leo Sabinus
Inocencio IV	italiano	1243-1254	No	Comes Laurentius
Alejandro IV	romano	1254-1261	No	Signum Ostiense
Urbano IV	francés	1262-1264	No	Jerusalem Campaniae
Clemente IV	francés	1265-1268	No	Draco Depressus
Gregorio X	italiano	1271-1276	No	Anguineus Vir
Inocencio V	saboyardo	1276-1276	No	Concionator Gallus
Adriano V	italiano	1276-1276	No	Bonus Comes
Juan XXI	portugués	1276-1277	No	Piscator Tuscus
Nicolás III	romano	1277-1280	No	Rosa Composita
Martín IV	francés	1281-1285	No	Ex Telonio Liliacei Martini
Honorio IV	romano	1285-1287	No	Ex Rosa Leonina
Nicolás IV	italiano	1288-1292	No	Picus Inter Escas

Lista de papas y antipapas, desde san Pedro hasta la actualidad (cont.)

NOMBRE	ORIGEN	PONTIFICADO	ANTIPAPA	DIVISA
Celestino V	italiano	1294-1294	No	Ex Eremo Celsus
Bonifacio VII	italiano	1294-1303	No	Ex Undarum Benedictione
Benedicto XI	italiano	1303-1304	No	Concionator Patareus
Clemente V	francés	1305-1314	No	De Fasciis Aquitanicis
Juan XXII	francés	1316-1334	No	De Sutore Osseo
Nicolás V	italiano	1328-1330	Sí	Corvus Schismaticus
Benedicto XII	francés	1334-1342	No	Abbas Frigidus
Clemente VI	francés	1342-1352	No	Ex Rosa Atrrebatensi
Inocencio VI	francés	1352-1362	No	De Montibus Pammachii
Urbano V	francés	1362-1370	No	Gallus Vicecomes
Gregorio XI	francés	1370-1378	No	Novus de Virgine Forti
Urbano VI	italiano	1378-1389	No	De Inferno Pragegnanti
Bonifacio IX	italiano	1389-1404	No	Cubus de Mixtione
Inocencio VII	italiano	1404-1406	No	De Meliore Sidere
Gregorio XII	italiano	1406-1415	No	Nauta de Ponte-Nigro
Clemente VII	francés	1378-1394	Sí	De Cruce Apostolica
Benedicto XII	español	1394-1424	No	Luna Cosmedina
Alejandro V	cretense	1408-1410	No	Flagellum Solis
Juan XXIII	italiano	1410-1415	Sí	Cervus Sirenae
Clemente VIII	español	1424-1429	Sí	Schisma Barcinomum
Martín V	romano	1417-1432	No	Corona Veli Aurei
Eugenio IV	italiano	1431-1447	No	Lupa Caelestina
Félix V	saboyardo	1439-1449	Sí	Amator Crucis
Nicolás V	toscano	1447-1455	No	De Modicitate Lunae
Calixto III	español	1455-1458	No	Bos Pascens
Pío II	toscano	1458-1464	No	De Capra Et Albergo
Pablo II	italiano	1464-1471	No	De Cervo Et Leone
Sixto IV	italiano	1471-1484	No	Piscator Minorita
Inocencio III	italiano	1484-1492	No	Praecursor Siciliae
Alejandro VI	español	1492-1503	No	Bos Albanus In Portu
Pío III	toscano	1503-1503	No	De Parvo Homine
Julio II	italiano	1503-1513	No	Fructus Jovis Juvabit

Nombre	Origen	Pontificado	Antipapa	Divisa
León X	toscano	1513-1521	No	De Craticula Politiana
Adriano VI	holandés	1522-1523	No	Leo Florentius
Clemente VII	toscano	1523-1534	No	Flos Pilae Aegrae
Pablo III	romano	1534-1549	No	Hyyacinthus Medicorum
Julio III	romano	1550-1555	No	De Corona Montana
Marcelo II	toscano	1555-1555	No	Frumentum Floccidum
Pablo IV	italiano	1555-1559	No	De Fide Petri
Pío IV	italiano	1559-1565	No	Aesculapii Farmacum
Pío V	italiano	1566-1572	No	Angelus Nemorosus
Gregorio XIV	italiano	1572-1585	No	Medium Corpus Pilarum
Sixto V	italiano	1585-1590	No	Axis in Medietate Signi
Urbano VII	romano	1590-1590	No	De Rore Coelli
Gregorio XIV	italiano	1590-1591	No	Ex Antiquitate Urbis
Inocencio IX	italiano	1591-1591	No	Pia Civitas In Bello
Clemente VIII	toscano	1592-1605	No	Crux Romulea
León XI	toscano	1605-1605	No	Undosus Vir
Pablo V	romano	1605-1621	No	Gens Perversa
Gregorio XV	italiano	1621-1623	No	In Tribulatione Pacis
Urbano VIII	toscano	1623-1644	No	Lilium Et Rosa
Inocencio X	romano	1644-1455	No	Jucunnditas Crucis
Alejandro VII	toscano	1655-1667	No	Montium Custos
Clemente IX	toscano	1667-1669	No	Sidus Olorum
Clemente X	romano	1670-1676	No	De Flumine Magno
Inocencio XI	italiano	1676-1689	No	Bellua Insatiabilis
Alejandro VII	italiano	1689-1691	No	Poenitentia Gloriosa
Inocencio XII	italiano	1691-1700	No	Rastrum In Porta
Clemente XI	italiano	1700-1721	No	Flores Circumdati
Inocencio XII	romano	1721-1724	No	De Bona Religione
Benedicto XII	italiano	1724-1730	No	Miles In Bello
Clemente XII	toscano	1730-1740	No	Columna Excelsa
Benedicto XIV	italiano	1740-1758	No	Animal Rurale
Clemente XIII	italiano	1758-1769	No	Rosa Umbriae
Clemente XIV	italiano	1769-1774	No	Ursus Velox
Pío VI	italiano	1775-1799	No	Peregrinus Apostolicus

Lista de papas y antipapas, desde san Pedro hasta la actualidad (cont.)

Nombre	Origen	Pontificado	Antipapa	Divisa
Pío VII	italiano	1800-1823	No	Aquila Rapax
León XII	italiano	1823-1829	No	Canis et Coluber
Pío VIII	italiano	1829-1830	No	Vir Religioosus
Gregorio XVI	italiano	1831-1846	No	De Balneis Etruriae
Pío IX	italiano	1846-1878	No	Crux De Cruce
León XIII	italiano	1878-1903	No	Lumen In Caelo
Pío X	italiano	1903-1914	No	Ignis Ardens
Benedicto XV	italiano	1914-1922	No	Religio De Populata
Pío XI	italiano	1922-1939	No	Fides Intrepida
Pío XII	romano	1939-1958	No	Pastor Angelicus
Juan XXIII	italiano	1958-1963	No	Pastor Et Nauta
Pablo VI	italiano	1963-1978	No	Flos Florum
Juan Pablo I	italiano	1978-1978	No	De Medietate Lunae
Juan Pablo II	polaco	1978-2005	No	De Labore Solis
Benedicto XVI	alemán	2005 -	No	De Gloria Olivae

La mayor parte de los papas han sido italianos, ha habido 14 griegos, 18 franceses, 6 sirios, 5 alemanes, 3 españoles, 2 africanos, un holandés, un portugués, un inglés y un polaco.

El pontificado más corto fue el de Urbano VII, que duró doce días, y el más largo puede haber sido el de Pedro, que se prolongó durante treinta y cuatro años. Pero como no existen datos fiables sobre la duración de ese primer pontificado, consideraremos el más largo el de Pío IX, de treinta y un años y siete meses. Ocho papas reinaron menos de un mes y 12, más de veinte años.

El último papa y el fin de la Iglesia,
de Jorge Blaschke, fue impreso en
marzo de 2006, en Q Graphics,
Oriente 249-C, núm. 126, C.P.
08500, México, D.F.